# 差异中包含共性——莫言与村上春树创作比较研究

苏 萍 著

图书在版编目（CIP）数据

差异中包含共性：莫言与村上春树创作比较研究／苏萍 著．—北京：知识产权出版社，2019.4

ISBN 978-7-5130-6125-4

Ⅰ．①差…　Ⅱ．①苏…　Ⅲ．①莫言—小说创作—文学创作研究　②村上春树—小说创作—文学创作研究　Ⅳ．① I207.42　② I313.074

中国版本图书馆 CIP 数据核字（2019）第 036748 号

### 内容提要

本书援引国外"边缘人"理论，在考察"边缘人"理论本土化的问题基础上，从传统意义上的"边缘人"视角和"边缘人"的扩展视角考察莫言与村上春树作品中的"边缘人"形象的异同点，本书在考察莫言与村上春树不同类别"边缘人"的同时，还将作品中共通的人物形象——儿童形象、女性形象做逐一比较研究，详细地诠释了莫言与村上春树作品中的"边缘人"形象。

责任编辑：刘晓庆　　　　　　　　　　　　责任印制：孙婷婷

## 差异中包含共性——莫言与村上春树创作比较研究
CHAYI ZHONG BAOHAN GONGXING——MOYAN YU CUNSHANGCHUNSHU CHUANGZUO BIJIAO YANJIU

苏　萍　著

| | |
|---|---|
| 出版发行：知识产权出版社 有限责任公司 | 网　　址：http://www.ipph.cn |
| 电　　话：010-82004826 | http://www.laichushu.com |
| 社　　址：北京市海淀区气象路 50 号院 | 邮　　编：100081 |
| 责编电话：010-82000860 转 8073 | 责编邮箱：liuxiaoqing@cnipr.com |
| 发行电话：010-82000860 转 8101 | 发行传真：010-82000893 |
| 印　　刷：北京建宏印刷有限公司 | 经　　销：各大网上书店、新华书店及相关专业书店 |
| 开　　本：787mm×1000mm　1/16 | 印　　张：12.25 |
| 版　　次：2019 年 4 月第 1 版 | 印　　次：2019 年 4 月第 1 次印刷 |
| 字　　数：160 千字 | 定　　价：48.00 元 |

ISBN 978-7-5130-6125-4

出版权专有　侵权必究

如有印装质量问题，本社负责调换。

# 莫言与村上春树：
# 村上文学研究的新疆土

莫言和村上春树分别是中国和日本文坛上不可忽视的存在。

莫言是中国大陆第一个获得诺贝尔文学奖的人。诺贝尔文学奖评委也在颁奖词中称：莫言是个诗人，他扯下程式化的宣传画，使个人从茫茫无名大众中突出出来。他用嘲笑和讽刺的笔触，抨击历史和谬误及贫乏和政治虚伪。他有技巧地揭露了人类最阴暗的一面，在不经意间给象征赋予了形象；并且肯定了莫言的创作空间——高密东北乡，认为它体现了中国的民间故事和历史。莫言本人在获奖的时候也自我解嘲道出身农村的自己获奖犹如童话。

而村上春树作品尤其是《挪威的森林》在20世纪80年代中国小资文化盛行之时，风靡一时。村上春树本人也被看作日本都市文学中流砥柱式的存在，村上将都市中都市人的那般失落感和孤独感描写得淋漓尽致。

尽管两位作家生活环境和作品的思想主题有很大差别，然而苏萍老师通过大量阅读原著和参考文献，在莫言和村上春树研究中独辟蹊径。虽说将这样差别比较大的两位作家的比较研究选为要探讨的主题十分具有挑战性，但这无疑是莫言与村上春树研究领域整体中的一个部分。

《差异中包含共性——莫言与村上春树创作比较研究》一书是苏萍老师在其博士论文的基础上撰写而成的，该书在以下方面有所突破。

援引国外"边缘人"理论，在考察"边缘人"理论本土化的问题基础上，从传统意义上的"边缘人"视角和边缘人的扩展视角考察莫言与村上春树作品中的"边缘人"形象的异同点，在考察莫言与村上春树不同类别"边缘人"的同时，将作品中共通的人物形象——儿童形象、女性形象和身体残缺的人物形象做逐一比较研究，完整地诠释了莫言与村上春树作品中的"边缘人"形象。

然而"边缘人"只是边缘思想的一个部分，中心与边缘之间的问题，如果置身于中心位置来考察，尽管边缘会被看成是负面性很强的东西，但是边缘本身涵盖了丰富的内涵和自我发展性。从边缘意象来分析，两位作家无论在文学理念还是写作手法上都有很多相似之处，希望苏萍老师今后能在现有基础上将两位作家的比较研究带入更深的层次。

苏萍博士在校研读期间，常年坚守在日语的基础教学岗位上，不仅取得了丰富的研究成果，获得了博士学位，在文学教学方面也积累了宝贵的经验。

苏萍老师从事日语近现代文学教学和科研以来，相继出版了《翻译理论与实践》《如何有效整理信息》等多部专著和教材，公开发表论文近十篇。她的研究成果使我们欣喜地看到一代年轻学者的迅速成长。

"路漫漫其修远兮",日本文学研究仍是大有可为的,需要我们砥砺前行。希望苏萍老师能百尺竿头更进一步,有更多、更好的新作问世。

是为序。

上海外国语大学博士生导师、二级教授

中国日本文学研究会会长

上海翻译家协会会长

谭晶华

2019 年 2 月

# 从学士到博士

这本书是苏萍在其博士论文的基础上撰写而成的。即将付梓之际，作者和我联系，希望我为之作序。我不是她的指导老师，亦未参加其论文答辩。但她既然要我作序，自当有其理由。毕竟身为博士，不可能兴之所至，随意找人涂鸦一篇置于书前。

究其理由，我想不外乎两个。

其一，苏萍的学士学位得自我任教的中国海洋大学。20年前，我从广州的暨南大学北上青岛，有幸跻身中国海洋大学（时称青岛海洋大学）任教，苏萍是我教的首届本科生，由此结下师生之缘。印象中，她和我其前教的大部分我国港澳地区的学生完全不同。她用功、文静、面色红润，看讲台时嘴角隐约漾出一丝羞赧的笑意，似乎是在鼓励老师继续讲，讲什么她都愿意听。这很快打消了初来乍到的我心中的不安——被接受了！而被接受正是我那段孤独凄苦岁月分外渴求的慰藉，一段难得的师生缘分。

其二，无疑是我比较性研究过莫言与村上春树。所谓开其先河诚然愧不敢当，但凡事总得有人第一个做，而我碰巧成为第一个做此事的人。

回想起来，起因颇有些戏剧性。时间倒退几年，2012年10月11日，莫言成为第109位诺贝尔文学奖获得者。当日傍晚消息传来之前，日本自不必说，即使中国也好像有很多人倾向于相信日本作家村上春树获奖。而我作为村上作品的主要译者，在那一特殊时刻明显处于尴尬立场——在接连不断的采访电话中，有记者逼问我更希望哪一位获奖：是莫言，还是村上？问得我险些呛住。无须说，村上获奖对我有实实在在的好处。不说别的，至少我所在学院主管科研的副院长甚至校长大人都极有可能对我展示久雨初晴般的笑容。我可以因之一跃龙门，由栖栖惶惶的小翻译匠升格为堂堂正正的诺贝尔奖大作翻译家；那么莫言获奖呢？莫言是中国人，且是半个山东老乡，而我是看重乡情的爱国主义者。最后，我急中生智，这样回答记者："他们两位无论哪位获奖，我都欢喜，我都祝贺！村上君获奖，我作为译者脸上有光；莫言兄获奖，我作为同胞脸上有光。"记者闻言，立马收兵。堪称万无一失的应答。

如此自鸣得意之余，蓦然心生一念：索性就二者来一番比较如何？换个角度看，重要的不是莫言获奖还是村上获奖；重要的是，东亚以至整个亚洲的文学半个多世纪以来从未这么幸运、这么风光——中国的莫言和日本的村上春树同时发出耀眼的光芒。这两颗隔海相望的明星无疑昭示着亚洲文学在世界的影响和高度。

不错，一眼望去，这两位作家的差异可谓泾渭分明。一位是满脑袋玉米花粉的"土老帽"，一位是浑身西方名牌休闲装的城里人。换个说法，一个是光着膀子挥舞着光闪闪的镰刀割红高粱的庄稼汉，一个是薄暮时分斜举着威士忌酒杯眼望霏霏细雨的"小资"。甚至连他们的长相都迥然有别，一句话，堪称"城乡差别"的"标本"。但必须说，学者和读书人的一个可贵品格，就在于从似是而非的一般性、流行性以至主流性认知当中独辟蹊径，探求与之有别的隐性通道，以期抵达文本表层背后的真相，抵达并且追问光怪陆离的所谓魔幻本身，进而发掘最执着的理想诉求及其艺术表达形式。就莫言与村上研究而言，即意味拨去似乎不可比的地表沙尘，钻探可比性的地下水脉。而这些无论对中国作家、中国文学，还是对无数热心的读者，都可能提供某种通感亮光、某种有益的启示性。

于是，我开始努力。至于努力的结果，书中之述备矣，我就不再次自鸣得意了。仅有一点应当指出，即使我在这方面果真做了一点儿什么，那也终究是草创之功。其实，我何尝不想趁热打铁长驱直进，奈何日月逝于上，体貌衰于下，经纶之心渐息，纵横之志远去，夜半更深，唯掩卷抚额掷笔长叹而已。令人欣慰的是，苏萍在她的导师谭晶华教授的精心指导下，沿着这条路继续行进。或闻鸡起舞，戴月荷锄，或独面寒窗，探幽析微，个中甘苦，无可细说。是啊，黄浦江畔读博岁月中的苏萍，早已不是黄海之滨本科时代的女孩儿，攻读难度可想而知。好在天道酬勤，这项研究因此得以跨越草创阶段而一骑绝尘，苏萍也因此获得了博士学位，走过了一段艰辛而美好的学术旅程。她的人生，想必也因此变得更加充实。是的，人生不应被掏空，而应不断充实。我，无论在哪种意义上，都为她感到高兴。于是，率尔命笔，写了这篇不成其为序的序。

与此同时，祝愿她在未来的岁月中释放更多的学术芬芳！

林少华

2019 年 2 月 27 日于窥海斋

时青岛蜡梅满树迎春花开

# 目 录

## 第一章 绪 论 ·············································································1
### 第一节 问题的缘起 ·····································································1
### 第二节 莫言与村上春树相关先行研究综述 ·······································5
一、莫言在日本的译介及相关先行研究 ···········································6
二、村上春树在中国的译介及研究综述 ·········································12
三、莫言与村上春树比较研究现状 ···············································22
四、莫言与村上春树比较研究相关先行研究存在的问题及研究空间 ······25
### 第三节 研究路径 ······································································26
一、研究目的和研究思路 ···························································26
二、研究方法 ··········································································27

## 第二章 莫言与村上春树创作起点及创作经历之比较 ······················29
### 第一节 扬帆起航的起点 ····························································29
一、文学阅读的滋养 ·································································29
二、创作欲望的萌发 ·································································32
### 第二节 对外国文学的借鉴与独创 ················································36

# 第三章 "边缘人"的书写、生命的关照——莫言与村上春树人物形象比较……41

第一节 徘徊在边缘地带的"边缘人"形象……42

一、何谓"边缘人"？……42

二、莫言作品中的"边缘人"形象……47

三、孤独、迷惘、空虚的都市青年人——村上春树笔下城市"边缘人"形象探究……51

四、相同的边缘地位，不同的人生态度……55

第二节 "边缘人"的特殊视角……62

一、莫言与村上春树儿童视角比较研究——以《四十一炮》和《海边的卡夫卡》为中心……63

二、"安娜"的影子——莫言《怀抱鲜花的女人》与村上春树《眠》的女性形象比较……73

三、身体残缺的女性言说——以《白狗秋千架》和《国境之南，太阳以西》为中心……86

# 第四章 文学与"介入"——"介入"之于莫言与村上春树……92

第一节 何谓"介入"……92

一、"介入"的哲学思想及其意义……92

二、"介入"之于莫言与村上春树……97

第二节 莫言与村上春树作品中的"介入"……104

一、社会之"恶" ……………………………………………………… 104
　　二、人性之"恶" ……………………………………………………… 108
　第三节　对莫言与村上春树作品中文学性与"介入"关系的思考 ………… 110

**第五章　解读生存与死亡——莫言与村上春树生死观探寻** ………………… 115
　第一节　莫言与村上春树作品中的死亡 …………………………………… 116
　　一、层出不穷的死亡事件 …………………………………………… 116
　　二、风格迥异的死亡书写 …………………………………………… 124
　第二节　生命的别样写照——死亡的深层意蕴 …………………………… 135
　　一、死亡——生命的绵延 …………………………………………… 135
　　二、死亡——生命意蕴的别样关照 ………………………………… 140

**第六章　时空交错的艺术——莫言与村上春树时空观比较** ………………… 144
　第一节　循环时间与线性时间的融合——个人记忆与集体记忆的重构 … 145
　第二节　现实世界的偏离——莫言与村上春树作品中异质空间比较 …… 153
　　一、何谓异质空间 …………………………………………………… 154
　　二、寻常的另类空间——莫言与村上春树作品中的异质空间比较 … 158
　第三节　时空融合交错的艺术特色 ………………………………………… 163

**结语：莫言与村上春树的创作异同及其原因** ………………………………… 170
**参考文献** ……………………………………………………………………… 174
**后记** …………………………………………………………………………… 181

# 第一章 绪 论

## 第一节 问题的缘起

自从莫言1985年在《中国作家》第2期发表了题为《透明的红萝卜》这部中篇小说，除了读者们对莫言这部成名作反响热烈之外，国内学者们也开始将研究的目光投向了莫言。

由于《透明的红萝卜》对于当时的文坛来说的确是一篇新意十足的小说，例如，《中国作家》在刊登这篇小说的同时，发表了莫言和他的老师、著名作家徐怀中，以及其他几位青年作者的对话。在对话中，徐怀中认为，从《民间音乐》和《透明的红萝卜》来看，莫言"已经初步形成了他自己的一种色调和追求"。[1] 而学者们也纷纷在文章中表达自己的看法。伴随着学者和学术界对于莫言关注

---

[1] 徐怀中，莫言，等.追求才有特色——关于《透明的红萝卜》的对话[J].中国作家，1985（5）：206.

度的提高，与莫言相关的学术研究也逐渐见诸各类学术期刊。根据笔者通过在"中国学术期刊全文数据库"的检索结果，可知：

1986年出现了23篇论文，分别从小说观、创作倾向、作品中的意象，以及从文学流派视角阐释了莫言的中篇小说《透明的红萝卜》和《红高粱》等几部代表作品。到了1987年，论文数量即激增至90余篇，而莫言的研究热潮在2012年莫言获得诺贝尔文学奖之后的2013年达到高潮。2013年，有4045篇文章和论文涉及莫言及莫言的作品。

除了学者，硕士生和博士生们也将自己的毕业论文题目定为与莫言相关的选题。从1997年开始，莫言的创作真正进入高校，成为硕士、博士论文的研究对象。截至2016年3月，在接近20年的时间里，共有309部硕士论文、15部博士论文以莫言为题名，从作者的创作观、创作时的心路历程、文体特色、人物形象塑造、纷繁复杂的创作主题、艺术特色、文化角度，特别是民间视角等不同角度事无巨细地将莫言的作品魅力展现在我们面前。

通过构筑"高密东北乡"将家乡纳入创作主题和不同现代叙事技巧的尝试，学者们尝试从比较文学研究的角度来研究莫言作品。陈春生在1998年3月发表于《外国文学研究》第3期上的文章《在灼热的高炉里锻造——略论莫言对福克纳和马尔克斯的借鉴吸收》中，探讨了福克纳和马尔克斯对莫言的影响，并从影响研究的角度，指出福克纳对莫言的影响表现在艺术表现技巧、对故乡的艺术重构上；而莫言从马尔克斯身上学到的更多的是表现现实的手段技巧和介入现实的精神立场。[1] 自此，学术界不乏从比较文学的角度横向审视莫言及其

---

[1] 陈春生. 在灼热的高炉里锻造——略论莫言对福克纳和马尔克斯的借鉴吸收 [J]. 外国文学研究，1998（3）：13-16.

作品的论文。例如,康林的《莫言与川端康成——以小说〈白狗秋千架〉和〈雪国〉为中心》❶,李迎丰的《福克纳与莫言:故乡神话的构建与阐释》❷,胡小林的《文学王国的缔造者——莫言与福克纳比较研究》❸,麦永雄的《诺贝尔文学奖视域中的大江健三郎与莫言》❹。

除此之外,从比较文学方向来完成的硕士和博士论文有广西师范大学李玮的《鲁迅与莫言"复仇"叙事比较研究》、辽宁大学赵越的《莫言与福克纳作品中"非常规生命观"的比较研究》)、贵州大学范卉婷的《追寻多元的叙事:福克纳〈喧哗与骚动〉与莫言〈红高粱家族〉叙事模式的比较研究》)、扬州大学朱晓琳的《马尔克斯与莫言的魔幻小说比较研究》、辽宁大学邓莉欣的《莫言和米兰·昆德拉作品中生命主题比较》)、湖南师范大学郑湄蒹的《故乡叙事的接受与疏离——莫言与福克纳比较研究》)、湖南师范大学盛平娟的《莫言与福克纳笔下故乡神话比较》)、山东师范大学于晓华的《莫言与马尔克斯作品中的女性形象比较研究》)等。

综上所述,从比较文学研究的角度来探讨莫言的作品逐渐增多:一方面表明学界对于莫言的研究从广度和深度上都在逐渐扩展;而另一方面也显示了莫言获得诺贝尔文学奖之前,比较文学视角的论文大多局限在莫言与美国作家福克纳和马尔克斯两位作家的比较上面,并没有做更多的扩展。莫言与日本作家

---

❶ 康林. 莫言与川端康成——以小说《白狗秋千架》和《雪国》为中心[J]. 中国比较文学, 2011(3).
❷ 李迎丰. 福克纳与莫言:故乡神话的构建与阐释[J]. 解放军外国语学院学报, 2002(1).
❸ 胡小林. 文学王国的缔造者——莫言与福克纳比较研究[J]. 枣庄学院学报, 2012(6).
❹ 麦永雄. 诺贝尔文学奖视域中的大江健三郎与莫言[J]. 桂林市教育学院学报(综合版), 1999(2).

的比较研究也仅限于川端康成和大江健三郎。❶

然而，在莫言获得诺贝尔文学奖之后，莫言与村上春树两位看似完全没有任何关联的作家却因为诺贝尔文学奖有了千丝万缕的联系。村上春树的写作始于1979年，他29岁的时候，便以作品《且听风吟》获得日本群像新人奖。1987年，第五部长篇小说《挪威的森林》上市，至2012年在日本畅销1500万册，国内简体版到2010年销售总量超过1000万册，引起"村上现象"。自1979年登上日本文坛，村上春树先后创作了16部长篇小说，出版短篇小说集12册，除此之外还发表了大量的随笔和游记。无论从作品的畅销度、读者群，还是知名度来说，村上春树能不能获得诺贝尔奖从来都是日本乃至世界媒体关注的焦点，也是媒体眼中诺贝尔文学奖最具竞争力的候选人之一。从2006年的诺贝尔文学奖开始，中国和日本的媒体就特别关注村上春树能否得到这一奖项。尤其是2006年3月，村上春树摘得一向被认为诺贝尔文学奖前奏的捷克文学奖——费朗茨·卡夫卡奖，成为当年诺贝尔文学奖的热门候选人物。村上春树的中文译者林少华和美国研究村上春树的权威杰·鲁宾教授在接受记者采访时，都认为"村上春树得诺奖概率在70%"❷。在接下来的几年里，村上春树连续排在诺贝尔文学奖预测名单榜首，却年年与诺奖无缘。而到2012年诺贝尔文学奖开奖之前，莫言和村上春树因为诺奖而结下了不解之缘。英国著名博

---

❶ 根据笔者整理的资料，相关的研究：李红. 川端康成与莫言文学的比较研究——以其民族性与世界性为中心视域 [J]. 河南师范大学学报（哲学社会科学版），2013（4）：156-157；麦永雄. 诺贝尔文学奖视域中的大江健三郎与莫言 [J]. 桂林市教育学院报（综合版），1999（2）：43-47；康林. 莫言与川端康成——以小说《白狗秋千架》和《雪国》为中心 [J]. 中国比较文学，2011（3）：129-137. 专著有张文颖. 来自边缘的声音——莫言与大江健三郎的文学 [M]. 北京：中国传媒大学出版社，2007.

❷ 罗敏，林少华. 村上春树获诺贝尔奖几率——70% [N]. 第一财经日报，2006-09-29.

彩公司 Ladbrokes 公布的 2012 年诺贝尔文学奖赔率中,莫言和村上春树分别排名第一位和第二位,而到瑞典文学院 2012 年 10 月 11 日宣布,并将 2012 年诺贝尔文学奖授予中国作家莫言以后,日本的《产经新闻》在报道莫言获得这一殊荣时,用了"村上春树再次失之交臂,中国莫言获得诺贝尔文学奖"这一标题。❶ 无独有偶,《南方周末》在莫言获奖后第三天采访莫言,被问到如何评价村上春树的作品之时,莫言这样回答:"村上春树是个非常有影响力的作家,在全世界读者很多,被翻译作品的数量非常大,而且赢得了很多年轻读者的喜爱,很不容易!我非常尊重他。他虽然比我大,但心态比我年轻,英文很好,与西方交流广泛,具有更多现代生活气质。他写日本历史方面比较少,更关注现代生活、年轻人的生活,这一点我无法相比。我也是他的读者,读过他的《挪威的森林》《海边的卡夫卡》等,但他那样的作品我写不出来。"❷ 莫言提到的"无法相比""我写不出来"本身就包含强烈的比较的意味在里面。从偶然的结缘到不经意地被拿来比较,莫言获得诺贝尔文学奖不仅让莫言作品离世界性更近一步,还掀起了莫言与村上春树比较研究的新的浪潮。

## 第二节　莫言与村上春树相关先行研究综述

莫言与村上春树历来都是学者们追捧的研究对象。

---

❶ 日本产经新闻. 村上春树再次失之交臂,中国莫言获得诺奖 [EB/OL]. (2012-10-11) [2014-04-25]. http://sanke.jp.msn.com/life/news/121011/art12101120080002-n1.htm.
❷ 莫言,朱强. 莫言说 [N]. 南方周末,2012-10-18.

莫言，中国当代作家，被誉为"寻根文学"的代表作家之一，凭借着20世纪80年代的一系列乡土作品崛起。1987年，莫言的作品《红高粱家族》被改编成电影《红高粱》。随着1988年该电影一举夺得第38届柏林国际电影节金熊奖，莫言及其作品在海外的影响越来越广泛而深远。作为与中国一衣带水的邻国，莫言的作品在日本也拥有众多读者，越来越多的研究学者也开始关注莫言的作品。

# 一、莫言在日本的译介及相关先行研究

莫言在日本学界经历了一个较长而又比较曲折的接受过程。

一般认为，莫言最早出现在日本学界是1986年，最早被日本学者关注的作品是其成名作《透明的红萝卜》，1985年发表在《中国作家》第2期上。翌年4月，日本的中国近现代文学研究学者近藤直子（1950—）在日本杂志上发表文章，从文学鉴赏的角度对此作品进行了简评。近藤认为："莫言细腻笔触描绘出的不是世界本身，而是观察世界的眼睛。世界是个谜团，不在世界彼侧，而在观察者此侧。读者借着莫言创造的观察世界的眼镜，从'文化大革命'时期农村某个孤独的工地现场的风景中，感受到了一场丰富的感官盛宴"。❶ 这篇评论从先锋派视野对莫言小说的写作技巧、艺术性、思想性和实验性给予了肯定。

然而有意思的是，首部被翻译成日文的莫言作品并不是《透明的红萝卜》而是《红高粱》。根据刘江凯❷的统计，1989年5月出版发行的井口晃所翻译的

---

❶ 近藤直子. 莫言の中篇小説『透明的红萝卜』[J]. 中国語, 1986（4）：26.
❷ 刘江凯.（本土性）民族性的世界写作——莫言的海外传播与接受[J]. 当代作家评论, 2011（4）：20-33.

第一章 绪 论

《莫言选集》，日文标题为『莫言·赤い高粱（現代中国文学選集6）』，是首部被译为日文的莫言作品。值得注意的是，『莫言（現代中国文学選集）』这部译著中只收录了《红高粱》的第1章和第2章，后3章"狗道""高粱殡"和"狗皮"放在了后来翻译出版的现代中国文学选集12册，❶日文标题为『莫言·赤い高粱[続き]（現代中国文学選集12）』，译者同为井口晃，1990年10月出版。

从《红高粱》被翻译出版的时间上来看，《红高粱》首先在日本译介与《红高粱》这部电影获得国际奖项不无关系。日本汉学家谷川毅认为："莫言几乎可以说是在日本代表着中国当代文学形象的最主要人物之一。无论是研究者还是普通百姓，莫言都是他们最熟悉的中国作家之一。"据谷川毅讲，是电影让日本人熟知了莫言，"根据莫言的小说改编的电影在日本很受欢迎，他的小说也随之开始引起人们的注意，所以他进入日本比较早。"❷包括后来的短篇小说《师傅越来越幽默》的日本译文的标题，也是沿用了根据这部小说改编的电影《幸福时光》的标题。由此可见，电影对于莫言小说在海外的传播和译介影响颇深。

在《红高粱》之后，莫言陆续有作品被译介到日本。截至2015年5月，在日本出版发行的莫言的作品总共有17部。为了更准确、详实地了解莫言作品在日本的译介和出版状况，笔者综合各类信息来源，对莫言作品在日本的译介出版进行一番梳理，见表1-1。❸

---

❶ 该选集共13册，其他11册分别收录王蒙、古华、史铁生、贾平凹、张辛欣、王安忆、阿城、陆文夫、刘心武、茹志鹃、遇罗锦的作品，从1987年10月开始陆续出版，直到1990年10月全13册出版完成。这两个分册后来被岩波书店收入"岩波现代文库"，作为文库本单行本发行，即2003年3月出版的『赤い高粱』和2013年3月出版的『続·赤い高粱』。

❷ 王研.日本文学界只关注三位中国作家：莫言、阎连科和残雪[N].辽宁日报，2009-10-19.

❸ 此表格只是整理了日本出版社所出版的莫言作品译本的单行本。据朱芬的统计，还有一些作品发表在文艺杂志上。详见刊登在《中国比较文学》2014年第四期上的《莫言在日本的译介》一文。

表 1-1　莫言作品在日本的译介出版情况

| 中文作品名 | 日译本作品名 | 译者 | 出版社 | 时间 |
| --- | --- | --- | --- | --- |
| 红高粱 | 莫言・赤い高粱（現代中国文学選集）<br>莫言・赤い高粱［続き］（現代中国文学選集12） | 井口晃 | 岩波書店 | 1989年5月<br>1990年10月 |
| 莫言短篇集（日文标题直译为："来自中国村落"。） | 中国の村から——莫言短編集 | 藤井省三、長堀祐 | JICC出版局 | 1991年 |
| 怀抱鲜花的女儿 | 花束を抱く女 | 藤井省三 | JICC出版局 | 1992年 |
| 酒国 | 酒国：特捜検事丁鈎児（ジャック）の冒険 | 藤井省三 | 岩波書店 | 1996年10月25日 |
| 丰乳肥臀 | 豊乳肥臀（上、下） | 吉田富夫 | 平凡社 | 1996年 |
| 莫言中短篇集（日文标题译为："幸福时光"） | 至福のとき——莫言中短編集❶ | 吉田富夫 | 平凡社 | 2002年9月 |
| 红高粱 | 赤い高粱 | 井口晃 | 岩波書店 | 2003年12月17日 |
| 檀香刑 | 白檀の刑（上、下）（単行本）（中公文庫） | 吉田富夫 | 中央公論新社 | 2003年7月 |
| 白狗秋千架（莫言短篇自选集） | 白い犬とブランコ——莫言自選短編集❷ | 吉田富夫 | 日本放送出版協会 | 2003年10月 |

❶『至福のとき——莫言中短編集』其中收录了莫言的中短篇小说有《师傅越来越幽默（日文标题为『至福のとき』）》《长安大道上的驴美人（日文标题为『長安街のロバに乗った美女』）》《藏宝图（日文标题为『宝の地図』）》《沈园（日文标题为『沈園』）》《蝗虫奇谈（日文标题为『飛蝗』）》。

❷『白い犬とブランコ—莫言自選短編集』（白狗秋千架（莫言短篇自选集））中收录的莫言的短篇小说有大风（日文标题为『竜巻』）、枯河（日文标题为『涸れた河』）、秋水（日文标题为『洪水』）、老枪（日文标题为『猟銃』）、白狗秋千架（日文标题为『白い犬とブランコ』）、苍蝇・门牙（日文标题为『蝿と歯』）、凌敌战争的印象（日文标题为『戦争の記憶断片』）、奇遇（日文标题为『奇遇』）、爱情故事（日文标题为『愛情』）、夜渔（日文标题为『夜の漁』）、神标（日文标题为『奇人と女郎』）、姑妈的宝刀（日文标题为『秘剣』）、屠户的女儿（日文标题为『豚肉売りの娘』）、初恋（日文标题为『初恋』）共14篇短篇小说。

| 中文作品名 | 日译本作品名 | 译　者 | 出版社 | 时　间 |
|---|---|---|---|---|
| 四十一炮 | 四十一砲（上、下） | 吉田富夫 | 中央公論新社 | 2006年3月 |
| 生死疲劳 | 転生夢現（上・下） | 吉田富夫 | 中央公論新社 | 2008年2月 |
| 牛・筑路 | 牛・築路（岩波現代文庫） | 菱沼彬晁 | 岩波書店 | 2011年2月17日 |
| 蛙 | 蛙鳴（あめい） | 吉田富夫 | 中央公論新社 | 2011年5月 |
| 莫言散文：狗文三篇 | 犬について、三篇（中国現代文学選集）❶ | 立松昇一 | トランスビュー | 2011年10月 |
| 透明的红萝卜（莫言精选集） | 透明な人参 莫言珠玉集 単行本❷ | 藤井省三 | 朝日出版社 | 2013年2月16日 |
| 变 | 変 | 長堀祐造 | 明石書店 | 2013年3月7日 |
| 天堂蒜薹之歌 | 天堂狂想歌 | 吉田富夫 | 中央公論新社 | 2013年4月24日 |

从表1-1可以看到，莫言大部分长篇小说和一小部分短篇小说都已经被译介到了日本。即使是在莫言获得诺贝尔文学奖之前，莫言的大部分长篇小说的日译本也已经在日本出版发行。由此可见，莫言的作品在日本拥有众多的读者。然而，与众多读者相比，在日本，研究莫言的论文和著作却稍显滞后。根据日本期刊网CiNii等网络资料显示，日本期刊和杂志上发表的最早的研究莫言的学术论文是日本的中国文学研究者荻野脩二（1941—）于1987年9月发表在《季刊中国研究》上的论文《挑战"绿色"：从张洁到阿城再到莫

---

❶《狗文三篇》收录在2012年11月作家出版社出版的莫言文集中的散文集《会唱歌的墙》。
❷『透明な人参——莫言珠玉集』（透明的红萝卜（莫言精选集））收录了莫言的六篇短篇小说：《透明的红萝卜（日文标题为『透明な人参』）》《怀抱鲜花的女人（日文标题为『花束を抱く女』）》《沈园（日文标题为『良医』）》《怀抱鲜花的女人（日文标题为『お下げ髪』）》《铁孩（日文标题为『鉄の子』）》《金发婴儿（日文标题为『金髪の赤ちゃん』）》以及莫言在诺贝尔文学奖颁奖礼上的演讲《讲故事的人（日文标题为『物語る人』）》。

言(〈特刊〉文学"现代化"是否可能)》。论文将莫言与中国另外两位作家张洁和阿城做了比较，聚焦莫言的农村题材作品。❶ 第一篇单独评论莫言的论文是加加美光行的论文《莫言与现代中国农民形象》。❷ 由于加加美光行的研究方向是政治思想，因此论文也主要是从莫言的农村题材作品出发，着眼于中国的农村社会问题研究，并没有从文学角度来审视莫言的作品。1995年，山本明的小说《小说的语句——莫言的问题》从文体学的视角俯视莫言的作品。

另一位十分关注莫言的学者当数东京大学教授藤井省三，也是莫言作品的译者之一。早在 1990 年 1 月 24 日，在日本《读卖新闻》晚刊上，藤井省三发表题为《鲜见的中国农村镜像，都市化中日本人看不到的"阴暗处"》的文章。文中涉及莫言对中国农村的描写，认为"莫言呈现的中国农村是都市化的日本人通常见不到的地方"。❸

在翻译莫言作品的同时，藤井省三也撰写论文对莫言作品进行解读。例如，《来自中国农村的魔幻现实主义》这篇论文从六个部分介绍了莫言的短篇小说。第一部分标题为"莫言——中国的马尔克斯"，论述了马尔克斯对莫言的影响；第二部分参考张志忠的专著《莫言论》，指出莫言作品中的农民形象异于长期以来文艺作品中看到的农民形象；第三部分探寻中国现代史是怎样一段历史；在第四部分中，藤井认为张志忠所言的寻根文学所打破的"儒教正统文化"，其

---

❶ 荻野脩二.「緑色」への挑戦：張潔から阿城そして莫言へ(『特集』文学の「現代化」は可能か?)[J]. 東京：季刊中国研究，1987(8)：21-38.

❷ 加加美光行(他). 莫言と現代中国の農民像[J]. 新日本文学，1991(7)(通号46)：153-167.

❸ 藤井省三. 見えない中国農村の姿 都市化の中の日本人には"闇"[N]. 読売新聞，1991-01-24(04).

实并非"孔孟之道"而是"意识形态"。第五部分将莫言小说归结为"魔幻现实主义"的"危险文学",认为是反体制小说;第六部分对该短篇集收录的每篇作品进行简要解读,重点介绍小说的社会背景。❶

除此之外,藤井省三在论文《莫言笔下的中国农村的希望与绝望:〈怀抱鲜花的女人〉等回乡小说与鲁迅及〈安娜·卡列尼娜〉》中,将莫言笔下农村女性与鲁迅及安娜的形象做比较,主要还是将目光放在作品创作的背景上。❷

总体来说,藤井更多地关注的是中国农村社会现实和意识形态批判。

或许是因为翻译了莫言的大多数作品,作为莫言最信赖的译者——吉田富夫关注的视角则更加多元。其论文《莫言的世界:从高密县一角探寻人存在的根源》从莫言作品的舞台——高密东北乡来探寻人存在的根源,另外一篇《莫言和贾平凹的文学可能性》,将两位当代作家莫言与贾平凹做了比较,分析两位作家的作品特色。在专著方面,吉田富夫在所著的《莫言神髓》中指出,"从莫言那般自由奔放的文体完全想象不出莫言是个内向而又沉默寡言的人。他本身就是一个老百姓。"吉田认为莫言的神髓就是:"从百姓的视角来讲述绝对的弱者"。❸

其他的一些莫言相关的学术论文有斋藤晴彦的《莫言长篇小说〈蛙〉的物语结构》、永井哲的《试论莫言》等。❹

---

❶ 藤井省三. 中国の村から・莫言短編集(シリーズ0発見と冒険の中国文学1第二巻)[M]. 長堀祐造, 译. 東京:JICC出版局. 1991.

❷ 藤井省三. 莫言が描く中国の村の希望と絶望:「花束を抱く女」等の帰郷物語と魯迅および『アンナ・カレーニナ』[J]. 文学界, 2014, 68(5):232-276.

❸ 吉田富夫. 莫言神髄[M]. 東京:中央公論新社, 2013.

❹ 齋藤晴彦. 莫言の長編小説『蛙』の物語構造[J]. 日本中国当代文学研究会会報, 2014(28):30-37;永井哲. 莫言試論[J]. 未名, 2000(18):143-166.

从以上文献整理可见，日本学界对于莫言的关注主要集中在莫言的农村题材作品上，更多的是通过莫言作品来了解中国的农村现状。日本第55届农民文学奖的日本作家宇梶纪夫在《作为农民文学家的莫言——其人其文》直接将莫言定义为"农民文学家"。❶从学术角度来研究莫言作品的论文还很有限，这与莫言作品在日本的译介情况不太相称。

## 二、村上春树在中国的译介及研究综述

与莫言相比，村上春树在中国则遇到了与众不同的礼遇。他拥有众多读者，当中不乏众多村上春树的研究学者。众所周知，村上春树在日本最初登上文坛是在1979年6月，他的处女作长篇小说《且听风吟》荣获当年的群像新人文学奖。此后，一直默默无闻的村上横空出世、一鸣惊人，迅速地引起了文坛与读者的注目。而他随后发表的《挪威的森林》这部长篇小说更是让村上春树声名鹊起，跻身文坛第一线作家，成为与大江健三郎齐名的作家。根据在中国知网上的搜索结果，村上春树第一次被提到是在1988年《外国文学评论》中的一文《国外文坛之窗》。文中题为"1987年日本最受推崇的纯文学作品"介绍了日本《文学界》杂志通过书面调查而选出的1986年12月至1987年11月期间发表的小说、诗歌、评论、戏剧，以及已翻译出版的外国文学作品（不限类型），并从中各选出3部（篇）作品还附有推荐理由。日本《文学界》杂志1988年1月号刊载了53位新老作家、评论家对该刊书面调查的回答，共有53位作家57部（篇）纯文学作品得到提名。总体来看，票数比较分散，大多数作品只得了

---

❶ 宇梶紀夫. 農民文学者としての莫言：その人と文学 [J]. 農民文学, 2013 (303): 49-51.

一两票。有 3 部作品超过 10 票。5~10 票的有 2 部，村上春树的《挪威的森林》就是其中的 1 部获得了 6 票。文中还提到，受推崇的作家大都是中老年作家，其中村上春树是最年轻的一位作家。❶ 而东京大学文学部的藤井省三教授在《村上春树心底的中国》一书中提到"中国最早出现的村上春树介绍，应该是刊载于 1986 年 2 月出版的《日本文学》。这是长春市吉林人民出版社发行的杂志，主要刊登近现代日本文学的中译与中国学者的评论"。在第 16 期《宫泽贤治特集》之后，紧接着就转载了发表在中国台湾地区的《新书月刊》上由赖明珠翻译的川本三郎评论《都市的感受性》、村上春树的《街的幻影》等 3 篇短篇小说。藤井省三还提到相对于《新书月刊》直接表达对村上春树的深刻关注，《日本文学》的反应则显示出一丝犹豫。在村上小说末尾的《编者附记》附有村上的简历，并总结了村上春树的特色。

那初看起来荒诞不经的作品中掺杂了大量的风俗描写，蕴含着深刻的哲理。他从高度发达的当代城市生活中感受到了实实在在的空虚和寂寞；他从足不出户而知天下事的所谓信息化社会中，领悟到了人性的贫乏，感情色彩的消退。他的作品揭示了现代资本主义国家城市生活中较为隐蔽的一个侧面。❷

中国大陆的读者和学者对村上春树的关注也是源于《挪威的森林》这部作品。《挪威的森林》首次在中国大陆翻译出版是 1989 年漓江出版社出版林少华翻译的版本，但在当时并没有引起较大的反响。1992 年 8 月，漓江出版社出版

---

❶ 国外文坛之窗 [J]. 外国文学评论，1988（2）：141.
❷ 藤井省三. 村上春樹の中の中国 [M]. 東京：朝日新聞社，2007：154.

了村上春树的小说系列，包括《挪威的森林》《跳跳跳》❶《好风长吟》和《世界尽头与冷酷仙境》等。1996—1997年，漓江出版社又在1992年版的基础上重新包装出版了5卷本"村上春树精品集"，除《挪威的森林》《世界尽头与冷酷仙境》外，又将《青春的舞步》《寻羊冒险记》和《象的失踪》收录其中。

这时，在中国城市都市化进程的影响下，依赖于林少华的简约洗练、韵味十足的译文风格，《挪威的森林》更多地为广大都市的青年和大学生读者所接受，成为"小资文化"中不可或缺的重要组成部分。自此，林少华所译版本逐渐确立了威信，继而引发了继日本"村上春树现象"之后的中国的"村上春树热"。

村上春树的作品开始在中国大陆被大规模地翻译出版是20世纪90年代末期。上海译文出版社一次性买下多部作品版权，从《挪威的森林》开始接手出版"村上春树文集"，陆续出版村上春树的作品，开始形成规模效应。村上春树作品的阅读也成为时尚，蔚然成风。根据张敏生的统计，从2001—2009年，上海译文出版社出版了村上的绝大多数作品。截至2009年，已经出版的村上作品共计33种，即将出版的有5种。该文集涵盖面广，不仅有长篇小说和短篇小说集，而且还包括随笔集、游记和纪实文学等。许多作品都是多次再版多次印刷。例如，《挪威的森林》从2001—2009年已经再版6次印刷48次，印数共计146

---

❶ 《跳跳跳》《好风长吟》日文分别是『ダンス・ダンス・ダンス』『風の歌を聴け』，由于中国驻联合国教科文组织代表在1992年7月30日向联合国教科文组织递交了中国加入《世界版权公约》的官方文书。根据规定，《伯尔尼公约》和《世界版权公约》分别于1992年10月15日和1992年10月30日在中国正式生效，因此在20世纪80年代末和90年代初期有若干不同的村上春树翻译的版本出现。详见王向远的《王向远著作（第三卷）：日本文学汉译史》的第223页至228页。『ダンス・ダンス・ダンス』还有版本译为《青春的舞步》，目前采取通用的村上春树作品的译名《舞！舞！舞》和《且听风吟》。

万多册;《海边的卡夫卡》从 2003—2009 年则再版 2 次印刷 15 次，共计发行 37 万多册。❶另外，根据从译文出版社获悉，截至 2015 年 5 月，译文出版社出版的村上春树文集的总发行量已经达到了 580 多万册。如果加上以前漓江出版社、北方文艺出版社、百花文艺出版社的印数，以及在 2008 年出版《当我跑步时，我谈些什么》的南海出版公司的印数，村上春树作品在中国大陆的总印数估计可达到 540 多万册。可以说，村上春树在中国已经拥有了庞大而稳定的读者群体。尤其是所谓的都市"小资"群体，他（她）们更是把村上春树与法国女作家玛格丽特·杜拉斯、中国作家张爱玲一起作为"小资"必读的三大作家而推崇备至。目前，中国的"村上春树热"依然方兴未艾。毋庸置疑，村上春树成了近 20 年来中国大陆最受欢迎的外国作家。

在 20 世纪 80 年代中后期的日本文坛，由作家村上春树的文学作品而引起的一系列现象被称作"村上春树现象"。日本的"村上春树现象"主要包括以下三个方面内容。

第一，村上春树自处女作《且听风吟》之后所创作的文学作品无一例外都成为畅销书，并且连续创作出日本书籍的畅销神话。其作品始终保持畅销不衰的佳境，受读者青睐的程度超乎一般人的想象。

第二，村上春树作品中弥漫着浓厚的后现代主义风格的生活方式始终为读者所接受和支持。村上自始至终拥有一群忠实的读者追随左右。

第三，村上春树除了早期的几部作品被公认为"青春小说"之外，其后作品逐渐介入社会现实和历史。尽管如此，他的作品却普遍得到了年轻人的理解

---

❶ 张敏生. 近三十余年日本、中国内地村上春树研究述评 [J]. 长江师范学院学报，2011（4）：82-87.

和认同，他的读者群是集中在20~30岁年龄层的青年男女，尤以30岁左右的女性为多。

而随着村上春树作品不断被翻译成世界各国语言，"村上春树现象"俨然已经成为世界范围内的普遍现象。村上春树在中国的受欢迎程度丝毫不逊色于其在日本所受到的礼遇。随着都市化进程的不断发展，中国在20世纪90年代后期掀起了一股"村上春树热"，除了具有日本"村上春树现象"的基本内涵之外，中国的"村上春树热"更加突出的一点，就是随着村上春树作品不断被译介到中国大陆，以村上春树和村上春树作品为主题在公开刊物上发表的文献在数量和质量上都有大幅度提升。村上春树的研究在深度和广度上都达到了前所未有的高度。

从数量上来看，根据笔者通过中国知网的搜索，截至2016年3月，使用题名关键字为"村上春树"搜索到的文献数量为880篇，从2010年开始成果数量激增。迄今为止，国内关于村上春树研究综述的论文有东北师范大学文学院副教授刘妍的《国内村上春树研究概况及走向》、长江大学文学院副教授朱道卫的《中国大陆村上春树研究述评》、耿海霞的《近十年来大陆对村上春树作品的研究述略》、上海外国语大学张昊的硕士论文《村上春树在我国的译介与研究》、广西师范学院耿海霞的硕士论文《村上文学研究在中国》，从内容上对先行研究做了整理和总结。参考先行研究并且根据笔者所查到的资料，学者们普遍认为，目前国内村上春树研究主要集中在以下三个方面。

## 1. 西方当代语境中的村上春树研究

普遍认为，日本从20世纪70年代始至20世纪80年代末，开始向"后工业社会"过渡。这是日本文学审美意识发生变化的年代。在多元并存的文学格局中，后现代主义曾掀起一股热潮，表现出从现代主义思潮向后现代主义思潮蜕变。作为20世纪末的新一代日本作家，村上春树不可避免地被贴上了复杂多变时期作家的标签。

中国学者王向远在肯定了日本社会的后现代主义文学存在的基础上，对日本后现代主义文学的典型文本加以解剖，论证了村上春树作品的都市文学性，因为他的作品鲜明且集中地体现了后现代主义作品的一系列特点。首先，村上春树的作品充分体现了后现代主义文化的总体氛围——消费性；其次，村上的作品的另一个重要特点正是体现在这种"消解"上——自我的消解、意义的消解；最后，"村上的成功之处，就在于成功地塑造了这种'感受型''消费型'的后现代人格"。[1]

此后，李德纯的《日本后现代主义代表作家村上春树》(《中华读书报》)、李玉娜的《后现代主义文化视野中的村上春树》(《枣庄学院学报》)、吉林大学杨炳菁的《后现代语境中的村上春树》、南京师范大学李步浩的《村上春树小说创作的后现代主义倾向》、南京师范大学龚莉红的《论村上春树小说的后现代性》等，都是从后现代主义文化与文学的种种表征出发确证和延伸了王向远的观点。

从"都市文学"这一视角出发，龙文虎在《被传统文学批评遗忘的村上春树》(《日本研究》)一文中从村上小说发生的都市舞台说起，指出村上春树作品是展示当代青年心灵奥秘的都市文学，描绘的并非是"都市人的感受性"

---

[1] 王向远. 日本后现代主义文学与村上春树[J]. 北京师范大学学报（社会科学版），1994（5）：68-73.

而是"都市本身的感受性",即对生命的悲哀及对生命悲哀的无能为力。❶华东师范大学梁彩丽的硕士毕业论文《对都市人生存困境的思考——村上春树中短篇小说研究》也认定村上是"都市文学派"的代表作家。论文从生活在都市的三种都市人为研究对象,通过对"灵魂失落的都市人""企图叛离的都市人""寻求救赎的都市人"的分析,表达了作者对都市人生存困境的生命体悟和审美思考。钟旭认为,村上人物所经历的觉醒、抗争、妥协和失落,最终复归现实的过程,正是对在高度资本主义社会中成长起来的年轻人的精神状态的生动写照。❷

曹志明在《村上春树与日本"内向代"文学的异同》一文中从当代日本"内向代"文学的特点出发,将村上的作品与"内向代"文学的创作进行了横向的比较。曹志明认为,村上文学和"内向代"文学在把现实抽象化、强调自我感受、突出人的精神和意识的作用方面具有很多相似之处,在逃避现实和脱离社会意识的倾向、表现学生运动的沮丧、丧失自我的无奈等方面也具有一致性;在语言表达反传统方面具有一致性,但也有差异性。尽管村上文学与日本"内向代"文学不完全相同,然而它们都是资本主义高度发展的产物,并且表现了人的自我存在。❸

由于村上春树所处的时代有复杂多变的背景,也有一些学者提出了与此不同的观点。

高文慧在《西方现代视域中的村上春树》一文中(《德州学院学报》)指出,村上的创作明显受到了西方现当代文学的影响,主要表现在"对孤独的诘问、

---

❶ 龙文虎. 被传统文学批评遗忘的村上春树 [J]. 日本研究,2001(3).
❷ 钟旭. 妥协与反叛——论村上春树小说中人物的两难处境 [J]. 贵州教育学院学报(社会科学版),2001(3):30-35.
❸ 曹志明. 村上春树与日本"内向代"文学的异同 [J]. 解放军外国语学院学报,2006(4):103-106.

对救赎模式的探寻、对以荒诞对抗荒诞的生存态度的张扬";同时,又具有符号化、平面反智性,以及无规则性等后现代主义艺术的因素。❶

综上所述,无论学者们认为村上春树深受西方现代主义影响,还是认为村上具有强烈的后现代主义倾向,抑或是肯定其具有现代与后现代相融合的风格,学者们都已经注意到了,村上作品的复杂语境是战后新的历史语境下对于村上研究的一种尝试。

### 2. 村上春树的艺术特色

读过村上春树作品的人都知道,村上春树的作品或描写缠绵悱恻的爱情,让人扼腕叹息;或另辟异度空间,在荒诞不经中透出现实的冷酷;或鸿篇巨制,将历史与现实融为一体,叩问历史与当下的种种罪恶。因此,艺术特色成为村上春树研究的一个举足轻重的组成部分。

早在1999年,村上春树作品的译者林少华就已经注意到了这个领域。他在论文《村上春树作品的艺术魅力》中,谈到村上春树不仅在日本,在中国也深受读者的喜爱,其重要的原因就在于村上春树作品的艺术魅力。论文从四个方面论述了村上春树作品的艺术特色:作品的现实性,包括非现实的现实性;匠心独运的语言和文体;作者敏感、准确而又含蓄地传递出时代氛围,描绘出20世纪80年代日本青年尤其城市单身青年倾斜失重的精神世界,凸显了特定社会环境中生态的真实和感性的真实;田园情结和青春之梦。此外,论文还指出其创作上的一个明显特色是不落俗套的故事构思和新颖独特的视角。❷

---

❶ 高文慧. 西方现代视域中的村上春树 [J]. 德州学院学报, 2005(5):57-61.
❷ 林少华. 村上春树作品的艺术魅力 [J]. 解放军外国语学院学报, 1999(3):87-90.

在林少华另一篇文章《比较中见特色——村上春树作品探析》(《外国文学评论》)中从比较文学的角度,将中国都市文学与村上作品做比较,凸显了村上作品的都市文学属性,指出主人公身居都市却总是寻觅灵魂叛离都市之路,显出拯救与悲悯意识;提出村上作品描写"边缘人"的社会意义等不属于所谓另类文学的主要根据;还指出令人耳目一新的幽默的欧化文体,距离感——对一切都保持一定距离,西化的视角。现实世界与虚构世界的一体化是其有别于日本其他作家的特点。❶

接下来,学者围绕上述几个方面从不同角度来阐释了村上作品之美,从西方叙事学方向、文学文体学角度、女性主义视角、时间和空间、人物形象分析、意象世界、历史诉求和精神分析方面,对村上作品的艺术特色做了全方位的解读。这方面主要的成果有东北师范大学尚一鸥的《村上春树小说艺术研究》、上海外国语大学张敏生的《时空匣子——村上春树小说时空艺术研究》。

### 3. 比较文学视角

正如吴雨平在《村上春树:文化混杂现象的表现者》中所说的那样,由于家庭氛围和个人兴趣爱好等原因,村上春树比一般人更早地、更多地接触并接受了西方文化,并且在相当长的一段时期内与日本的现实保持着距离。❷ 此外,他少年时代就大量阅读家中订阅的有关世界文学和世界历史方面的杂志,直接阅读英文原版的世界名著是始于高中时代。村上春树热衷于旅行,从1991年起旅居美国并继续文学创作。而在创作文学的同时,他还进行欧美文学的日译工

---

❶ 林少华. 比较中见特色——村上春树作品探析 [J]. 外国文学评论, 2001 (2): 30-35.
❷ 吴雨平. 村上春树:文化混杂现象的表现者 [J]. 外国文学研究, 2003 (5): 119-124.

作。村上春树翻译了雷蒙德·卡弗、菲茨杰拉德、蒂姆·奥布莱恩、雷蒙德·钱德勒、约翰·欧文和塞林格等许多美国当代作家的代表作,译作数量可观。拥有的双重写作身份,使他更容易游走在日本和西方的双重文化中,也使大多研究者的视角聚焦在村上与欧美作家的比较研究课题上。

朱颖和杨炳菁从翻译的角度,论述了村上通过对于欧美文学作品的翻译,而使自己的作品不同程度受到西方文学的影响。朱颖在论文《试论翻译对村上春树创作的影响》中首先总结了村上的翻译观,然后举例论证了在翻译西方文学的同时,村上作品的文体和修辞也受到了西方语言习惯的影响。杨炳菁首先梳理了村上所翻译过的美国作品并且归纳了村上翻译特点。她认为,所谓"翻译对创作的影响",其实质在于村上将哪些美国文学的要素文学融入自己的作品。

还有学者则是通过作品论将村上与西方作家作品进行比较研究。李柯的《试论〈挪威的森林〉与〈了不起的盖茨比〉中的象征手法比较》(《东北亚论坛》);谭冰的《村上春树世界和几米世界的交融》(《西南民族学院学报》);王埠的《〈挪威的森林〉与〈麦田的守望者〉叙述风格的比较》(《宜宾学院学报》)。

另外,还有一部分研究者将村上的作品与文学大家鲁迅,以及中国年轻人和"小资群体"推崇的作家,如张爱玲、玛格丽特·杜拉斯、郭敬明和邱华栋等人的作品进行比较。其中,引人注目的是东京大学的鲁迅研究专家藤井省三的专著《村上春树心底的中国》。在这部专著中,藤井省三梳理了村上作品在中国的传播路径,并且从人物形象和时代背景将村上与鲁迅作品进行比较,提出了诸多启发性的见解,发人深思。譬如,他指出了中国辛亥革命时代的部分中国人与日本高度发达资本主义时代的中产阶级同样处于精神麻痹之中；村上和鲁迅对于人生的感悟和对于希望的思考具有跨时代的共通之处等。

## 三、莫言与村上春树比较研究现状

正如在第一节中所述，莫言与村上春树因为诺贝尔文学奖而结下的奇妙缘分为学者所捕捉。虽然乍看之下，莫言与村上毫无共同之处；然而，在细读两位作家作品之时，我们仍然能够找寻到两位作家在创作时相同的路径，以及他们在诠释主题时相同的精神底色。

作为中国大陆翻译村上春树作品最多、最具权威的村上春树的中文译者，林少华首先注意到了两位作家研究的可能性，指出在四个方面两位作家是有相似性的。其一，两位作家都有类似的善恶观，并且都致力于对于"恶"的深度挖掘。其二，两位作家都是站在民间视角与"边缘人"的立场来进行各自的创作。其三，两位作家的作品都富有东方神秘性的魔幻现实主义。其四，在构思长篇小说方面，两位作家推崇的作家都是陀思妥耶夫斯基。最后，林少华指出两位作者还有一些地方十分类似：作品都写到了第二次世界大战和日本侵华战争；两人总体上都不直接介入政治，而潜心从事文学创作并以此间接"干预"社会；两人都注重文体，在文体上孜孜以求。❶

可以说，林少华开创了莫言与村上春树比较研究的先河。此后，由林少华牵头，2013年10月"莫言与村上春树比较研究"国际学术研讨会的召开使

---

❶ 林少华. 莫言与村上：似与不似之间[J]. 中国比较文学, 2014（1）: 78-87.

更多的学者开始关注这个课题,各个领域的学者也从不同的角度来阐释这个课题。

在此期间,有数篇论文从莫言与村上春树比较研究的各个视角来审视这两个作家及其作品。

在涉及作品的艺术特色方面,林少华的论文《莫言与村上春树的文体特征——以比喻修辞为中心》,从文本细节出发,以比喻修辞为切入点分析比较莫言与村上春树的问题特征。林少华将两位作家用比喻方式表现的共同问题特征归纳为陌生、幽默、通感和诗化倾向。❶

张文颖则从幻想元素来探究两位作家博大精深的文学世界,认为幻想元素在两位作家文学世界的体现:寻找与缺失——童话叙事,来自另一个世界的诱惑——神秘主义叙事,边缘世界的构筑——民间视角。❷

尚一鸥以《〈透明的红萝卜〉与〈且听风吟〉的文学起点——莫言与村上春树的小说艺术比较研究》为题,从莫言与村上春树的成长环境写起,阐明两位作家的写作起点,并进而分析起点与创作高峰的关联,最后谈到起点后的汲养。他从两位作家的创作过程中不断追求的艺术路径、艺术手法以及艺术特色,在比较中凸显莫言与村上各自的艺术魅力。❸

在对于社会现实的介入这一命题,学者们意见不一。日本文艺评论家、筑波大学教授黑古一夫从《1Q84》和《蛙》两篇小说为中心,深度分析了莫言与

---

❶ 林少华. 莫言与村上春树的文体特征——以比喻修辞为中心 [J]. 东北亚外语研究,2014(3):2-9.
❷ 张文颖. 论莫言与村上春树文学中的幻想意象 [J]. 东北亚外语研究,2014(3):19-23.
❸ 尚一鸥.《透明的红萝卜》与《且听风吟》的文学起点——莫言与村上春树的小说艺术比较研究 [J]. 学术研究,2015(3):148-152.

村上如何在文学表现中介入现实。黑古一夫曾在《村上春树：转换中的迷失》一书中认为，村上春树从青春文学转而介入社会现实。然而，这种"超然"并没有真正意义到达介入而是一种倒退和迷失。《何为文学表现中的"介入"——村上春树〈1Q84〉与莫言〈蛙〉的区别》一文中，黑古一夫依然延续自己的一贯论调，认为在介入社会现实这个问题上，莫言的作品《蛙》由于介入了中国现实比村上春树介入现实的作品更胜一筹。❶

而郭勇则认为，莫言和村上两位作家都对社会现实有很深的批判性介入。在两人的文学作品中，都涉及暴力描写，都认同暴力的普遍性存在及其使主体他者化的特征。莫言还认为，暴力具有超越传统和自我拯救的正面力量；而村上认为个人暴力与国家暴力之间具有同构性。❷ 除此之外，刘研以两位作家的作品《生死疲劳》与《1Q84》为切入点，以创作中运用的神话叙事为切入口，认为两位作家通过神话叙事讲述民族创伤记忆。他们选取的神话叙事方式，不仅反映了作家的创作个性和想象力，更是文化差异性的体现，折射出"东亚现代性"艰辛而曲折的进程。❸

对于"暴力"的意义，学者们同样各抒己见。张小玲以《奇鸟行状录》和《檀香刑》为中心，基于文本分析方法，梳理了两部文本中"暴力"的表现以及内涵。❹ 祝然从"反美学或非美学"角度诠释两位作家对待暴力的立场，以

---

❶ 黑古一夫. 何为文学表现中的"介入"——村上春树《1Q84》与莫言《蛙》的区别[J]. 东北亚外语研究, 2014（3）: 15-18.

❷ 郭勇. 莫言与村上春树——民间书写的复权[J]. 东北亚外语研究, 2014（4）: 12-17.

❸ 刘研. 反思"东亚"现代化——论《生死疲劳》与《1Q84》中的神话叙事[J]. 东北亚外语研究, 2014（3）: 10-14.

❹ 张小玲. "暴力"的意义——以《奇鸟行状录》和《檀香刑》为中心[J]. 东北亚外语研究, 2014（4）: 24-29.

《红高粱家族》和《奇鸟行状录》中的"剥人皮"桥段作为共同素材的典型用例,比较了两位作家对于暴力的描写。❶

## 四、莫言与村上春树比较研究相关先行研究存在的问题及研究空间

通过以上对莫言与村上春树比较研究的先行研究成果的整理,可以发现存在以下两个方面的问题。

第一,莫言与村上春树比较研究刚刚起步,相对于专注莫言和村上春树的个别研究来说,比较研究的成果显得非常薄弱。目前的研究成果只是学者们根据自己专长的研究领域或者偏好进行的研究,在研究的系统性和完整性上明显欠缺。譬如,两位作家作品中的人物形象的比较、空间及时间的比较研究等方面的研究还尚未涉及,这些都是平行研究时不可或缺的部分,也是亟待补充的部分,更为接下来的莫言与村上春树比较研究提供了重要的发展课题。

第二,由于目前的莫言与村上春树的比较研究尚在起步阶段,绝大多数评论家和学者都将研究的焦点放到了莫言与村上春树的两三部长篇小说上面,如莫言的《透明的红萝卜》《红高粱家族》《檀香刑》,村上春树的《挪威的森林》《奇鸟行状录》,对于莫言和村上春树其他有代表性又能体现其作品风格的作品涉及不多,甚至未曾提及。莫言与村上春树都是高产作者,每一部代表作品都倾注了作者平日的所思所想,具有相当大的研究价值。这些为接下来的莫言和村上春树比较研究提供了广阔的研究空间。

---

❶ 祝然. 两场剥皮:管窥莫言与村上春树作品中的"暴力审美"[J]. 东北亚外语研究, 2014 (4): 2-9.

## 第三节　研究路径

### 一、研究目的和研究思路

本书以莫言和村上春树比较研究作为研究视角,在总结思考前文所述先行研究所存在的问题的基础上,对莫言和村上春树做比较系统的、完整的比较研究,力争在这一课题的研究上达到一个新的水平。研究的对象限定在莫言和村上春树的小说部分,长篇为主、短篇小说为辅。

首先,在本书的一开始针对莫言和村上春树的创作意识的萌芽及创作观做一个详述和对照。创作意识是一个作家创作的起点,决定今后创作的基调和方向;而创作观无疑是作家创作作品的文艺思想的提高和升华,分析作家创作观的异同,更有利于更好地进行平行研究。

其次,正文将莫言和村上春树比较研究分为"边缘人"人物形象对比、表达主题的比较和时间与空间艺术特色比较三个层次。在每个层次下,又会延展为若干个细化的比较点。"边缘人"人物形象比较从三个方面来阐述:"边缘人"理论概述、莫言与村上春树作品中被社会忽视的"边缘人"形象综述、"边缘人"的独特叙事视角;在表达主题的比较层次下分为两个章节,分别是如何看待文学与社会现实的介入、生死观比较研究;最后一个艺术特色聚焦莫言与村上春树时间与空间叙事特点的比较研究。

最后,通过莫言与村上春树的比较研究,得出两位作家的创作异同,进而为更好地解读两位作家作品提供另外一个途径。

## 二、研究方法

莫言与村上春树的比较研究涉及两位不同国别作家的作品,这一课题的特殊性首先决定了在整体上要采取平行研究的研究方法。比较文学的先驱者们通过精彩的论述得出平行比较的必要性和重要意义。亨利·雷马克曾说:"影响研究如果主要局限于找出和证明某种影响的存在,却忽略了更重要的艺术理解和评价的问题,那么对于阐明文学作品的实质所做的贡献,就可能不及比较互相并没有影响或者重点不在于指出这种影响的各种对作家、作品、文体、倾向性和文学传统等的研究。"❶ 勃兰兑斯也说:"比较研究有两重好处,一是把外国文学摆在我们跟前,便于我们吸收;一是把我们自己的文学摆到一定距离,使我们对它获得更符合实际的认识。离眼睛太近或太远的东西我们都看不真切。"❷ 通过系统的、周密的平行比较研究,有利于对村上春树作品的学习和吸收,与此同时使我们对莫言看得更真切。对于两位作家的作品,评论家和学者的看法褒贬不一。将两位作家的作品互为参照物来研究,能够让我们远距离地准确审视双方,评价对方也更公允、更客观。

此外,由于两位作家都是高产作家,在宏观上采用平行研究的同时,在具体的细节对比研究方面不能仅仅只依靠一种理论。这样的分析是不透彻的,而应该像两位作家融合了音乐、电影和历史等多种文本的小说一样,采用多种理论才能行之有效地达到预定的研究目的。除了采用叙事学的主要理论框架,同

---

❶ 亨利·雷马克. 比较文学的定义和功用(比较文学译文集)[M]. 张隆溪,译. 北京:北京大学出版社,1982:67.
❷ 乐黛云. 中西比较文学教程[M]. 北京:高等教育出版社,1988:35.

时结合存在主义理论、文学时间理论、空间理论等方法。采用这种主副结合的方法，既能做到理论支撑上扬长避短、相辅相成，又能根据具体文本的具体特质，进行有针对性的分析，从而为课题研究奠定坚实的理论基础。

在研究形式上，本书将主要采用文本细读、宏观兼顾微观的方式，既注重两者作品整体风格的比较研究，宏观上总结出总体特征；又在微观上力求注重作品与作品的个别研究，达到对分析对象鞭辟入里。

"将历史方法和批评精神结合起来，将案卷研究与'文本阐释'结合起来，将社会学家的审慎与美学家的大胆结合起来"[1]是法国著名比较文学家艾金伯勒在《比较文学的危机》中提出的一个比较文学的理想状态，这也将是本书所追求的理想境界。

---

[1] 乐黛云. 中西比较文学教程[M]. 北京：高等教育出版社，1988：77.

# 第二章 莫言与村上春树创作起点及创作经历之比较

## 第一节 扬帆起航的起点

### 一、文学阅读的滋养

莫言的出生地是山东省高密县，众多学者将莫言定位为一个纯粹的、地道的农民。然而，根据叶开对莫言家族演变历史的考证，他认为："莫言貌似是农民，其实是一个书香世家的后代——莫言的七世祖家祯、嘉福兄弟，双双高中明嘉靖年间进士，其高伯祖笃庆公是前清的秀才。其伯祖——大爷爷熟读《四书五经》，写得一手漂亮的毛笔字，但生也恨晚，未能赶上科举年代，遂学习中医，成为方圆几十里著名的医家。"[1] 再加上高密自古就位于孕育传统文化的齐鲁大

---

[1] 叶开. 莫言传[M]. 郑州：河南文艺出版社，2008：17.

地，在这块浸润着深沉文化气息的热土上，莫言从小就被类似《聊斋志异》的鬼怪故事所围绕，从爷爷、大爷爷及村里各路"神仙"的口中，他听到了各种各样神奇古怪的故事。这些故事滋养了莫言没有任何文学阅读的整个小学时代，一直延续到他辍学之后的若干年。这些故事后来成为他重要的写作源泉，这也被莫言称为"用耳朵阅读"❶的时代。无论是耳熟能详的怪异的鬼神故事，还是民间说唱戏文，都成为莫言小说创作所汲取的民间资源，使其小说带有不同于同时代作家的独特气质。

至于莫言的阅读历史，他自己也曾在不同场合多次提到。他阅读的第一本书是《封神演义》，而且阅读这本书的机会特别难得。在加州大学伯克利校区的演讲"福克纳大叔，你好吗"中，莫言提到为了阅读这套书，他甘愿在石匠家里无偿干活，并且依据石匠女儿的心情好坏，来确定阅读这本书的时间长短。在历尽千辛万苦将周围村子里的十几本书都读完之后，莫言又在班主任"狼"老师的帮助下，阅读了一些诸如《踏平东海万顷浪》《红旗插上大门岛》等之类的革命英雄主义小说。在将近两年的时间里，"文化大革命"前出版的几十本有名的长篇小说，凡是能够找到的，少年莫言都看了。小学期间，"狼"老师的指引不仅对莫言的人格形成有极大的影响，还开阔了他的眼界，他的想法也更加复杂了。"在囫囵吞枣式的阅读中，少年莫言的文学积累远远地超越了自己的同龄人。"❷

---

❶ 1998年秋天，莫言在中国台湾地区参加了一个题为"童年阅读经验"的座谈会。在座谈会上莫言谈到自己的童年阅读时，说道："我与你们不一样，你们童年时用眼睛阅读，我在童年时用耳朵阅读。我们村子里的人大部分都是文盲，但其中有很多人出口成章、妙语连珠，满肚子都是神神鬼鬼的故事。"2001年在悉尼大学的演讲"用耳朵阅读"中，莫言还提到了家乡的民间戏曲"茂腔"。"茂腔"唱腔委婉凄切，表演独特，是民间的狂欢节，是高密东北乡人民感情宣泄的渠道。

❷ 叶开. 莫言传[M]. 郑州：河南文艺出版社，2008：114.

## 第二章 莫言与村上春树创作起点及创作经历之比较

到了十一岁小学毕业时，由于种种原因，莫言被迫辍学成了一名小社员。他先放了两年牛羊，接着下地干农活，后来还被派去参加挖河、修桥的劳动。尽管如此，在放牛牧羊、割草拾麦之余，莫言仍然没有放弃阅读。在这个时期，莫言阅读了很多革命英雄主义小说，如《踏平东海万顷浪》《林海雪原》《闪闪红星》《苦菜花》等。莫言就是在如此复杂而艰难的阅读氛围中度过了自己的童年和少年，而大量的阅读则始于莫言进入解放军艺术学院文学系读书的时候。尽管他也读过一些苏联的小说，而真正接触外国文学还是在大学时期。各个国家的经典文学为莫言打开了一扇文学之门。

村上春树出生在日本关西的一个地地道道的知识分子家庭。他的父亲是高中国语老师，母亲出身船场商家，结婚以后便成为专职的家庭主妇。村上春树对自己的成长环境是这样描述的："我生在关西，长在关西。父亲是京都一名和尚之子，母亲是船场一位商家之女，可以说是百分之百的关西种，生活中理所当然讲关西话。我所受的教育相当具有地方主义色彩：视关西以外的方言为异端，讲标准语的人没有正经东西。棒球投球手则村山，食则清淡，大学则京大，鳗鱼则'真蒸'，余皆等而下之。"❶❷

由于父亲的职业的关系，村上春树在刚刚进入小学时便有机会接触到大量书籍。他回忆起孩提时代的阅读经历时提到，尽管家庭十分普通，但是在爱书的父亲的影响下，被允许购买自己中意的书，不过仅限于"正正经经"的书。村上自认为那时的自己是"一个像那么回事的读书少年"。❸

---

❶ 村上春树. 村上朝日堂的卷土重来[M]. 林少华, 译. 上海：上海译文出版社, 2004：9.
❷ "真蒸"指将烤好的鳗鱼片裹在饭里的一种吃法（据林少华译注）。
❸ 村上春树, 安西水丸. 村上朝日堂[M]. 林少华, 译. 上海：上海译文出版社, 2011：136.

进入初中之后，村上春树开始接触外国文学。那个时期，村上春树家里每个月都有书店送来河出书房的《世界文学全集》和中央公论社的《世界的历史》。村上春树的少年时代就是在阅读大量外国文学中度过的。之后，村上阅读范围也大致是清一色的外国文学。进入高中后，用村上自己的话说就是"有时间就看文学书籍"。❶

大学毕业后，为了生计，村上春树决定经营酒吧。然而，对于文学的深厚感情，还是让村上在三年后关掉酒吧成了专职作家。包括现在对于英文小说的日译，也是村上春树大量阅读国外文学后思考的结果。

可见，从童年时期莫言的阅读机会便来之不易，然而丰富的民间文学成为莫言汲取文学素养的一个途径；其后正规的院校阅读让莫言如虎添翼。而村上春树则是被浓厚的阅读氛围所包围，至今，依然会大量阅读外国文学。莫言与村上春树的阅读轨迹并不尽相同，然而两人在回忆自己阅读经历时的感受则毫无二致。莫言总是用快乐来形容自己的阅读，村上春树也是非常享受阅读带给自己的乐趣。徜徉在书海的两位作家就在潜移默化中走入了文学的殿堂。那么除了文学的滋养，还有什么原因促使他们萌发了创作欲望呢？

## 二、创作欲望的萌发

饥饿和孤独是莫言创作的源泉，也是解读莫言作品的一把钥匙。

莫言在演讲中提到自己萌生成为作家的梦想是源于饥饿。莫言曾回忆，自己当时的邻居是一个被打成"右派"、开除学籍、下放回家的大学中文系的学生。

---

❶ 村上春树. 终究悲哀的外国语 [M]. 林少华，译. 上海：上海译文出版社，2004：177.

这个"右派"学生给莫言讲了一个他认识的作家的工作。作家写一本书，不仅可以领到不菲的稿费，最吸引人的是一天三顿能吃上肥肉馅的饺子。"每天吃三次肥肉馅饺子，那是多么幸福的生活！天上的神仙也不过如此了。从那时起，我就下定决心，长大后一定要当个作家。"❶ 莫言自己所说的这个故事有多大的可信度，虽然无从考证，但是对于那个童年满是饥饿记忆的莫言来说，当作家不但能让自己吃饱还能吃好，完全能够激发任何梦想。美味的饭食成为他创作的最原始的动力。更重要的是，饥饿让莫言体察到了人性的复杂和单纯，使他认识到了人性的最低标准，看透了人的本质的某些东西。莫言曾经讲过自己小时候发生的一件事情。在20世纪60年代初期的那些饥饿的岁月里，莫言看到了许多因为饥饿而丧失了人格尊严的情景。例如，为了得到一块豆饼，一群孩子围着村里的粮食保管员学狗叫。保管员说，谁学得像，豆饼就赏赐给谁。莫言也是那些学狗叫的孩子中的一个。

正如莫言在斯坦福大学的演讲题目"饥饿和孤独是我创作的最大财富"那般，除了饥饿，孤独也是激发他创作潜能的原动力之一。在这个演讲中，莫言从成人的角度回忆了童年时的孤独。他提到，因为家庭原因很小的时候便被迫辍学回家务农，因此当其他的孩子在学校读书时，自己则在田野中与牛相伴。孤独的莫言只得对牛说话以排遣内心的苦闷。"我想跟牛谈谈，但是牛只顾吃草，根本不理我。我仰面朝天躺在草地上，看着天上的白云缓慢地移动，好像它们是一些懒洋洋的大汉。我想跟白云说话，白云也不理我……然后，我学会了自言自语。那时候，我真是才华横溢、出口成章、滔滔不绝，而且合辙押韵。"❷ 一

---

❶ 莫言. 用耳朵阅读[M]. 北京：作家出版社，2012：38.
❷ 莫言. 用耳朵阅读[M]. 北京：作家出版社，2012：37.

个年仅十一二岁的少年，独自一人在广阔的蓝天和白云之间，孤独得只能和牛相伴，与白云谈天，与鸟儿交流。然而，或许越是在极端的条件下，人的潜能越是能够发挥到极致。而孤独让莫言从年少时期就充满了想象的力量。

如前所述，饥饿曾经是莫言进行创作的最初的写作动机。然而，随着时光的推移，每天三顿饺子的梦想已然实现，但是莫言的写作依然在继续。莫言也认真思考自己真正的写作目的是什么。他回顾了几十年来的写作经历，关照了目前的写作和心理状况，得出了这样的结论："我真正的写作动机，是因为我心里有话要说；是想用小说的方式，表达我内心深处对社会、对人生的真实想法……另外，我认为，对小说这门艺术的迷恋和探险般的实验与创新，是支持我不断写作的力量源泉。"❶

相比较于莫言，用村上春树自己的话来说，他萌生创作小说这一念头则十分"突然"。

"这之前我从来没想过要写小说，只是不停地工作。之后有一天突然想道：'对了，写小说吧！'就去买了钢笔和稿纸。工作完了，我就在厨房每天花上一个小时或者两个小时，一点儿一点儿地写。"❷

从村上这段轻描淡写的文字来看，村上写小说的缘由好似十分唐突。这是村上春树最初的感受。他自认为对为什么开始写小说并没有什么清晰的想法，就是有一天突然想写了。然而，时隔20年，当村上再回首当初创作的萌发时，又有了另外一番理性的思考，也承认那实际上并非一时兴起。众所周知，村上大学没有毕业就结婚了，然后踏入社会。由于不想受到太多束缚，在妻子家借

---

❶ 莫言. 用耳朵阅读 [M]. 北京：作家出版社，2012：194-195.
❷ 河合隼雄，村上春樹. 村上春樹、河合隼雄に会いにいく [M]. 東京：岩波書店，1996：49.

款的帮助下，开始经营酒吧。为了生存下去，他拼命工作，意外地获得了成功。但即使如此，过程也相当辛苦，"曾多少次饱尝失望的滋味"。然而，他废寝忘食地工作，终于在将要30岁时迎来了转机：慢慢地偿还了债务，收支也渐渐平衡。起初，村上的写作是在凌晨结束酒吧的营业之后，在酒吧厨房的餐桌上写作。一直疲于奔命的村上走到了一个"像楼梯拐角平台一样的地方"。他逐渐放慢了脚步，想把"自己也说不清、解释不清的东西以小说的形式提交出来"。村上把写小说看作"某种意义上的自我治疗的步骤"❶，或者村上在日本与外界关联的一种方式，于是，就有了村上的第一部小说《且听风吟》。如此这般过了三年，村上认为通过这种方式固然能写出新颖而有趣的东西，但终究无法写出内容深刻、意境悠远的作品。他认定了上天给了自己当小说家的机会，所以必须要抓住。因此在1981年，村上与妻子决定卖掉收入不菲的酒吧，专注于写作。而其后，源于对写作精益求精追求的内心的焦虑，村上春树在40岁的时候又远赴异国他乡，开始了孤立无援的异国生活。可以想象，能够做出如此大胆的决定，必是有对写作坚定的信念做支撑。

尽管激发写作欲望的最初原因各不相同，莫言与村上春树却都在自己的创作历程中表现出了对于创作的无比热情，并取得了惊人的成绩。写作对于他们来说，不仅仅是一个工作，更是表达自我内心真实想法的一个有效途径。莫言把写作当成记忆中苦难童年的一个祭奠，村上春树也是把写作当成了"疗愈"的一种手段，通过表现小我，进而关注大众，或许这是支撑他们创作的最大动力。

---

❶ 河合隼雄，村上春樹. 村上春樹、河合隼雄に会いにいく [M]. 東京：岩波書店，1996：49.

## 第二节　对外国文学的借鉴与独创

莫言与村上春树对于外国文学的态度出奇得一致。

莫言从未在任何公开场合避讳对于外国文学的借鉴，或者说外国文学对于自己文学创作的影响。

莫言在北京大学世界文学研究所的演讲中提到："当然，在20世纪80年代向外国学习的热潮中，也出现过一些负面现象。我本人就经历了从笨拙的模仿到巧妙的借鉴的过程。……当年，我读了马尔克斯《百年孤独》的一个章节后，就把书扔掉了。我心中想：'这样写，我也会！'但是我很快就意识到，尽管这样写我也会，但如果我也这样写，那我就永远也没有出头之日了。如果我要成为一个好的作家，就必须借助他们的作品，解放自己的思想，搞出自己的玩意儿。"❶ 从莫言的话语中，可以充分感受到他对待外国文学的态度，那就是不止于借鉴，在借鉴的同时从外国文学的经验中创作出具有自己特色的独创作品。正如莫言将福克纳和马尔克斯比喻为"两座灼热的高炉"，我们既要感受高炉的热力，从中汲取自己所需要的热量和养分，又不能离高炉太近，否则就会有被灼伤的危险。而且正如陈春生所说，莫言并没有仅仅从一个流派或某一个作家那里汲取营养，而是"全息式"地摄取文学养分。❷

---

❶ 莫言. 用耳朵阅读[M]. 北京：作家出版社，2012：62.
❷ 陈春生. 在灼热的高炉里锻造——略论莫言对福克纳和马尔克斯的借鉴吸收[J]. 外国文学研究，1998（3）：13.

以福克纳和马尔克斯为例，莫言从福克纳作品中得到的最大的收获，当数从福克纳身上懂得了如何对故乡进行艺术重构，从约克纳帕塔法县找到自己的文学王国——高密东北乡。自此，莫言便一发不可收拾。莫言自己也承认，每当提笔书写高密东北乡的故事时，一种大权在握的幸福感便油然而生。❶ 莫言从福克纳作品中，领悟到了对故乡应采取批判又依恋的精神立场。然而，他并没有停下自己继续探索前行的脚步，继续开拓自己的文学疆土。莫言认为自己有很多地方超越了福克纳。福克纳的约克纳帕塔法县在其作品中始终是一个县，并无太大改变；而莫言却在不到 10 年的时间里，按照自己作品的需要，把高密东北乡变成了一个非常摩登的现代城市。在莫言的新作《丰乳肥臀》中，他还让许多高楼大厦在东北乡拔地而起，并增添了很多娱乐设施。此外，福克纳所写的事情只是真实发生在那块土地上，而莫言却敢于把发生在世界各地的事情，改头换面拿到高密东北乡，好像那些事情真的在那儿发生过。总之，莫言不断地在"建设"高密东北乡，不停地"美化"那里。既巧妙地借鉴，又不停留在模仿与生搬硬套上，这就是莫言对待外国文学的态度。也正是基于这样的原则，莫言接触到马尔克斯的作品之后，就对魔幻现实主义神往不已，果断地将这个表现手段和技巧收入囊中。然而，拥有这个强大工具的莫言依然保持着自己清醒的头脑。他反对按照《百年孤独》的方式去写作，那样"实际上动用的还是西方的魔幻资源"。❷ 莫言认为，20 年来，当代作家已经或多或少地受到了魔幻现实主义的影响，很多作家也写过很多类似的小说。"但魔幻是西方的资源，佛

---

❶ 莫言. 用耳朵阅读 [M]. 北京：作家出版社，2012：27.
❷ 莫言，李敬泽. 向中国古典小说致敬 [J]. 当代作家评论，2006（2）：155-157.

教是东方的魔幻资源，六道轮回是中国的魔幻资源。"❶在坚持"写一部有中国特色的魔幻小说"的想法的支撑下，才有了《生死疲劳》的诞生。1947年在土地改革进行之前，被枪毙的地主西门闹经过几次转世，先后成为驴、牛、猪、狗等牲畜，并且用动物的眼光来观察世事沧桑变化。他将东方佛教的六道轮回与西方魔幻手法杂糅一体，铸就了一部中国式的"变形记"。不仅如此，莫言还将《聊斋志异》中一些与魔幻有关的典型故事和情节融入作品中，造就了贴有莫言标签的东方式的魔幻现实主义。❷

与莫言借鉴中创新的模式相比较，村上春树是采用何种方式接受外国文学的滋养呢？

国内学者对于村上春树的创作受到其翻译美国文学的影响已有定论。❸很多日本学者也提出很多佐证来论证村上创作受到了翻译的很大影响。日本学者越川芳明对照卡佛与村上春树的创作历程，村上由初期的《且听风吟》到《挪威的森林》，再到《舞！舞！舞》本身的写作问题也越来越"饶舌"了。他认为，村上的创作风格的演变与卡佛是平行发展的。❹东京大学教授沼野充义指出，村上春树小说中很多夸张的表达方式，都是源于美国人的表达习惯。

---

❶ 莫言，李敬泽．向中国古典小说致敬 [J]．当代作家评论，2006（2）：156．

❷ 相关论述的文献有莫言、李敬泽对话中提到《生死疲劳》中的故事与聊斋相似，原载于2005年12月29日《新京报》，后以《向中国古典小说致敬》收录在2006年第2期当代作家评论；林少华的论文《莫言与村上——似与不似之间》，发表在2015年第1期中国比较文学；2015年山东师范大学赵霞的博士论文《蒲松龄莫言比较研究》。

❸ 相关的论文有杨炳菁．村上春树和翻译 [J]．日语学习与研究，2010（2）：126；朱颖．试论翻译对村上春树创作的影响 [J]．绍兴文理学院学报．2005（2）：48；朱波．偏爱与契合——村上春树的翻译思想 [J]．外语教学理论与实践．2010（11）：126．

❹ 越川芳明．ザ・モダン・モラリスト [J]．翻訳の世界，1989（9）：70．

## 第二章　莫言与村上春树创作起点及创作经历之比较

而我们在阅读村上春树的日文表达时，也往往能感受到其受到英文的表达影响之大。笔者认为，究竟影响有多大是问题的焦点。尚一鸥在其博士论文《村上春树小说艺术研究》中提出，村上是采取"以译养文"的方式来与外国文学亲密接触的。通过梳理日本的一些文献，他认为村上春树通过翻译，不仅受到了美国文化的影响，小说的写法也大都是从翻译中学的。❶ 笔者认为，这个"养"可以有两个解释。其一为"滋养"，即村上春树从外国文学中汲取了创作的养分。不论是从村上的阅读经历还是后来旅居外国的生活经历来看，这点都毋庸置疑。作品中常常出现的美国作家、作品及经典的名句，也足以证明这一点。其二为"休养"。1996 年 11 月和 1999 年 11 月，村上曾两次受邀参加东京大学文学部柴田元幸教授组织的翻译研究会。在会上，村上春树与柴田元幸教授及年轻译者和翻译专业的学生，有很多谈话和互动。在交流的过程中，村上提到了他对于翻译外国文学完全是出于个人爱好。他认为，在 20 世纪 80 年代的美国，最具影响力的三个作家分别是蒂姆·奥布莱恩、约翰·欧文和雷蒙德·卡佛。之所以翻译这些作家的作品，部分原因也是想从他们身上学到些什么，想从他们作品中获取滋养。同时，村上春树还说："我在写小说的时候精力是非常集中的，但是在写类似《奇鸟行状录》这样大篇幅的小说时，会出现精神恍惚的状态，因此连续写上 3 个月之后就要稍微修养一下。在休整期间，我通常会孜孜不倦地进行翻译工作，就像是在做手工活儿一样。这样就可以将自己消耗的能量补充回来。消耗的东西补回来后，我就又充满活力，然后再埋头创作。"❷

---

❶ 尚一鸥. 村上春树艺术特色研究 [D]. 长春：东北师范大学，2009.
❷ 村上春樹，柴田元幸. 翻訳夜話 [M]. 東京：文藝春秋，2000：37.

对于村上来说，多元的文化身份也是他将外国文学中的养分信手拈来的一个优势。这样的身份使他可以自由地穿梭于不同的文化之间，自由地选择和变换写作立场，同时也可以自由地变换运用各种表现手法，使文本的叙事方式更加丰富多样。❶尽管西方文学、文化在村上作品中频频出现，然而村上并没有迷失自己的坐标，依然还是根植在日本社会现实中。如前所述，在日本阪神大地震和奥姆真理教制造了骇人听闻的"地铁沙林事件"后，村上从美国回到日本，将创作的重心转到了日本国内。《1Q84》和2013年的新作《没有色彩的多崎作和他的巡礼之年》，其背景是20世纪70年代末，日本完成了从工业社会向消费社会的转变，即将迎来20世纪80年代的经济鼎盛时期。在这个众人都对经济前景充满信心，迈步进入新时代的时刻，面对时代转折，村上觉察到的是一个对个体自我具有更大的控制性、侵害性的时代即将到来，这个时代就是他后来在小说中所称的"高度发达的资本主义社会"。

综上所述，莫言与村上春树在对待借鉴外国文学方面，都秉承开放的态度。在借鉴的同时，他们都保持着清醒和理智的头脑，并在借鉴中创新出自己的特色。他们都清醒地认识到了在文化中他者与自我的关系，努力保持自我的文化立场。换言之，在对待国外文学上，莫言与村上都保持了自己的民族性。民族的才是世界的，这也是两位作家之所以具有众多读者的原因，充分表明了莫言与村上在创作思想上日臻成熟。

---

❶ 吴雨平. 村上春树：文化混杂现象的表现者[J]. 外国文学研究，2003（10）：121.

# 第三章 "边缘人"的书写、生命的关照——莫言与村上春树人物形象比较

莫言在《两座灼热的高炉——加西亚·马尔克斯和福克纳》一文的最后总结："我想：第一，树立一个属于自己的对人生的看法；第二，开辟一个属于自己领域的阵地；第三，建立一个属于自己的人物体系；第四，形成一套属于自己的叙述风格。这些是我不死的保障。"[1]

因此，作为作品有机整体的一部分，莫言与村上春树的比较研究中，作品中的人物形象比较必然是不可或缺的一部分。如前所述，莫言的作品主要是以农村题材为主，而村上春树的作品大多以都市为舞台，两位作家的人物形象会有哪些相同点呢？这些人物形象又有什么样的意义呢？这些将是本章要探讨的主要问题。

---

[1] 杨守森，贺立华. 莫言研究三十年（上）[M]. 济南：山东大学出版社，2013：317.

## 第一节 徘徊在边缘地带的"边缘人"形象

纵观莫言与村上春树作品的人物可以发现，不论是着眼点在乡村，还是都市生活，两位作家无一例外都将目光停留在了"边缘人"的身上，尤其对于"边缘人"的生存状况更是表现出了人文关怀。

那么"边缘人"究竟怎么来界定呢？

## 一、何谓"边缘人"

"边缘人"的相关研究本身起源于国外，在20世纪80年代被引入中国。国外学界学者对于"边缘人"的界定也争议不断。

学界普遍认为"边缘人"理论的原型来自德国的社会学家、哲学家齐美尔提出的"外来人"（Stranger，或译为"陌生人""外乡人""异乡人"）的概念。❶❷齐美尔将外来人看成一个漫游者，从地域的划分来界定"外来人"。"外来人"就是从别处来到此处的人，并且会暂时停留或长时间停留在此处的人。齐美尔用一个精妙的比喻诠释了"外来人"的概念。他说"天狼星的居民对我们来说并非是真正陌生的，因为他（它）们根本不是为了地球人而存在的，因而与我

---

❶ 余建华，张登国. 国外"边缘人"研究略论 [J]. 哈尔滨工业大学学报，2006（5）：54-57.
❷ 张黎呐. 美国"边缘人"理论流变 [J]. 天中学刊，2010（4）：64-67.

## 第三章 "边缘人"的书写、生命的关照——莫言与村上春树人物形象比较

们之间没有远近之分,无所谓远近。"❶

由此可见,齐美尔是从空间意义上来定义"外来人"的,而并非社会学意义上的概念。从上面这句引文可知,对于齐美尔来说,"外来人"的社会属性是依据人与人之间的物理距离来界定的。从这个意义上说,"外来人"因为来到了这个场所,所以他属于这个群体;但从社会意义上来说,"外来人"无法融入其中,又不属于这个群体。在齐美尔看来,"外来人"本身是矛盾的综合体,离我们既近又远,让我们感到既熟悉又陌生,他对世界具有一种超然的态度。❷

在齐美尔之后,德国心理学家K·勒温率先提出"边缘人(Marginal Man)"的说法。"边缘人"是不完全参与两个社会群体中的任何一个,处在群体与群体的夹缝之间的特殊的一群人。他认为,不仅仅在两个社会群体之中,即使在同一个社会群体内部,当一个人换了一个新的工作环境,在他还没有适应新的环境时,也会对个体的行为产生负面的影响。不稳定的新环境会给个体带来紧张感,由此他们便产生特殊的行为表现。例如,过度的谨慎和自卑、压抑自己的本性等。因此,当个体经历地位上升或下降、从乡村到城市或从城市到乡村,以及移民等都会产生"边缘人"。"边缘人"的产生是现代社会发展的必然产物,在适应新环境的过渡期内,环境对于身处其中的人都会产生特别的影响。显而易见,勒温所提出的"边缘人"概念是比较模糊的、笼统的,而且他仍然是从空间意义上来界定,并未扩展到其他领域。

将"边缘人"概念进行扩展的是美国社会学家罗伯特·帕克。他提出了

---

❶ PARK R E. Human Migration and Marginal Man [J]. The American Journal of Sociology, 1928(May): 891-892.

❷ 余建华,张登国. 国外"边缘人"研究略论 [J]. 哈尔滨工业大学学报,2006(5):54-57.

"文化混血儿"的概念，并把它界定为一种新型的人格类型，而这种人格类型的出现是与社会文化生活息息相关的。他以中世纪犹太区的犹太人为例，认为当犹太人被允许参与当地人的文化生活时，由于种族偏见，不可能很快为新文化所接纳，会成为处于两种文化边缘的人。而两个社会和两种文化是绝不会相互渗透并完全融合的，犹太人就成为具有历史意义和典型文化意义的"边缘人"，即"世界上第一个世界公民和市民"。[1]与"边缘人"一起被提出的还有"边缘化（Marginality）"的概念。与勒温的看法一致，帕克认为，由于他们既不能被这个种族和文化群体接受，也得不到另外种族和文化群体的欢迎，因此他们无法找到自己确定的位置。这些处于两种文化边缘的人在心理上会受到影响，产生一种失落感。

帕克"边缘人"的概念是建立在种族差异和移民的基础之上的，被定义为一种人格类型。"边缘人"就是生活在两个世界之间而又不属于其中任何一个世界的人。例如，移民到美国的孩子一般都会抵制他们父母的语言和文化，但又不认为他们自己是美国社会的正式成员。这些"文化混血儿"焦虑不安、适应不良，既渴望成为新群体的成员但又遭排斥，在原有的或新的文化中，都或多或少地成为"边缘人"。

由于帕克"边缘人"理论是对原有理论的深化，具有更全面的概括性和更广泛的适用性，接下来的"边缘人"的相关理论的补充大都是在他的理论基础上进行的。例如，帕克的学生斯通奎斯特在1937年将自己的博士论文《边缘人：关于文化冲突的主观方面的研究》整理出版，题目就叫"边缘人"。斯通奎斯特

---

[1] PARK R E. Human Migration and Marginal Man[J]. The American Journal of Sociology，1928（May）：891-892.

## 第三章 "边缘人"的书写、生命的关照——莫言与村上春树人物形象比较

定义"边缘人"的概念的方式，与他的老师帕克的方法正好相反：不是从不同人群出发推导出文化差异，而是从文化或其他差异出发推导出不同人群。他在承认移民是产生边缘性的一种方式的基础上，指出教育、婚姻等方面的主观因素都是产生边缘性的可能之一。❶

在斯通奎斯特之后，高德伯格、格林、安东诺斯基、迪克·科拉克等人都对帕克提出的"边缘人"概念进行了提炼，将"边缘人"概念的范畴进行了扩展。

随着时代的不断发展，"边缘人"的外延也在不断扩展。美国心理学家杰弗里·索伯尔从文化或其他差异出发推导出不同的人群。他在20世纪80年代发表的《预备陪审员在选择上对"边缘"个体所持的偏见态度》一文中，从处于社会核心群体之中的"预备陪审团"的角度，将"边缘人"的类型扩展至"女性、青少年、老人、黑人、单身者、无选举权人、社区里来的新移民、无业者，及社会地位低下的个人"。❷ 这些个体处于社会主流价值观边缘，被排除在社会核心群体之外，社会对他们的态度也带有明显的偏见。这种泛化的"边缘人"定义，对于研究当今社会的"边缘人"存在具有重要的理论意义。

然而，我们发现，不论学者怎样提炼，他们都没有离开帕克和斯通奎斯特对于"边缘人"的最初界定，即从文化冲突和心理的层面来对"边缘人"概念进行界定。因此，不论在任何情况下，我们都可以以这两种方式来理解"边缘人"：从文化层面来看，"边缘人"是处在两种异质文化的夹缝中，各个方面都脱离主流社会群体方式的人。他们被所在的社会文化群体孤立，从未被主流

---

❶ 余建华，张登国. 国外"边缘人"研究略论[J]. 哈尔滨工业大学学报，2006（5）：55.
❷ SOBAL JEFFERY. Bias against "Marginal" Individuals in Jury Wheel Selection[J]. Journal of Criminal Justice，1986（1）.

社会群体接受。从心理层面来说，在某个相对稳定的时期，"边缘人"是社会上出现的少量的人格类型。因此可以说，"边缘人"是一个宽泛的概念，可以随时代、领域的界定而不同，但"边缘人"同时也是具有相对稳定特征和相对动态变化的存在。

　　根据"边缘人"理论对"边缘人"的界定，以及其后学者对其概念的外延做出的解释，本书所论述的"边缘人"也是从文化和心理层面来界定的：一是徘徊于两种社会或两种文化之间，却不能完全地融入某一群体，被群体中的人所排斥、拒绝，感情上产生无依无靠的漂泊感，生活在两个群体之间的"边缘人"。二是被社会主流文化所排斥、压抑，甚至是被忽略的一个特殊群体。他们大都生活在与中心相对的边缘地带，社会地位低下，毫无话语权。长期处于尴尬的处境，让他们性格中带有多种矛盾的悲剧性色彩。他们一方面忍受着来自主流社会的压迫，并渴望摆脱这种束缚；另一方面，他们又意识到融入其中才是唯一的出路。因此，他们认为如果想实现自身价值，必须让自己置于主流社会所认为的价值规范之中。而从边缘化的起因来看，边缘与主体意识形态的感觉化关系密切，被社会所抛弃或被大众所排斥更多来自主体的感受。这种感受使他们产生了孤独感与焦虑感，甚至是精神上的痛楚，这让"边缘人"大都具有非常强烈的自主意识及不服输的性格因子，他们不甘身处边缘状态，他们用自己的方式向"中心"靠拢，极力融入主流社会，边缘成为对自身存在价值叩问的一种特殊方式。

　　"边缘人"既是作为独立的生命个体存在，又代表了一小部分特殊人群的生存状态。这也是莫言与村上春树之所以不约而同关注"边缘人"的原因所在。那么莫言与村上春树笔下"边缘人"的形象有哪些？他们又具有怎样的异同点呢？

第三章 "边缘人"的书写、生命的关照——莫言与村上春树人物形象比较

## 二、莫言作品中的"边缘人"形象

莫言于2001年10月在苏州大学"小说家讲坛"上做了题为"文学创作的民间资源"的演讲。他认为,"刚开始的写作,如果要被人注意,大概都要有些出奇之处,要让人感到新意。无论是他讲述的故事还是使用的语言,都应该与流行的东西有明显的区别。也就是说,'文学的突破总是在边缘地带突破',而一旦突破之后,边缘就会变为中心,支流就会变为主流,庙外的野鬼就会变为庙里的正神。"❶

毋庸讳言,莫言自己也承认他的成功源于作品中的民间资源,也就是相对于中心地带城市处于边缘的农村的人物的书写。因此,莫言作品中的第一类"边缘人"形象当数农村中那些长年在土地上耕种的农民们。从《白狗秋千架》找到了"高密东北乡"这个心灵故乡之后,这片热土上发生的故事便源源不断地从莫言笔下流出。在这片莫言挚爱的热土上,有一群人一直坚守着自己的土地,就如同守护自己的生命一般。这便是农民的形象,最典型的当数《生死疲劳》中全国唯一单干户"蓝脸"。莫言在瑞典学院讲演时,专门提到这个"边缘人"形象:"小说中那位以一己之身与时代潮流对抗的蓝脸,在我心目中是一位真正的英雄。"土地对于他来说,已经是神一样的存在。正如费孝通所言,"靠种地谋生的人才明白泥土的可贵。城里人可以用土气来蔑视乡下人。但是在乡下,'土'是他们的命根。在数量上占着最高地位的神,无疑是'土地'。'土地'这位最近于人性的神,老夫老妻白首偕老的一对儿,管着乡间一切的闲事。"❷

---

❶ 莫言. 莫言:莫言讲演新篇[M]. 北京:文化艺术出版社,2010:264.
❷ 费孝通. 乡土中国[M]. 北京:北京大学出版社,2012:10.

陈思和也认为土地对于农民来说，意味着一切，是信仰般的存在。"中国真正的民间是在农村。事实上，没有一个阶层，包括城市里的居民们，含有农民那样对待土地的感情。在农民们的眼里，土地是有生命的，是与真正的自由自在的境界联系在一起的生命象征。因而，土地是中国民间社会的图腾。"❶可以说，除了蓝脸，西门屯的其他农民，也都是这个群体的一分子，土地与农民的亲密关系在蓝脸身上得到了最集中的体现。"蓝脸"是坚守土地的人们中的一个典型代表。

除了农村中坚守土地，一辈子甘心在土地里"刨食"吃的地道的农民之外，还有一部分人，他们是通过获取知识来冲破农村人的身份而趋向主流的进取者，但是没有能够成功，无奈只得留在农村。然而，他们又不甘心像自己的祖辈父辈那般整日劳作，那颗蠢蠢欲动的心让他们通过其他方式向城里人靠拢。或者是有一些人成了所谓的"公家人"，从身份上来说脱离了农村的藩篱，然而与农村的关联却是"剪不断、理还乱"。他们便是那些名副其实地生活在农村与城市边缘交界处的知识分子形象。

《球状闪电》中的蝈蝈，他父母和他的祖祖辈辈都生活在农村，本想通过高考来改变自己农民命运的他，接连三次高考都名落孙山。蝈蝈虽心有不甘，但一时又找不到别的途径，只好暂时安分守己地做了一名农民。然而，一直在学校读书的他一时适应不了沉重的农活儿，第一次干活儿，"全身的骨架子仿佛散了。手心里被镰柄拧出了一个葡萄大的水泡，在脑勺下一跳一跳地痛"。身体上的疼痛倒是可以忍受，让蝈蝈无法忍受的是要他和一个他根本不爱的农村姑娘

---

❶ 陈思和. 民间的沉浮——对抗战到文革文学史的一个尝试性解释[J]. 上海文学，1994（1）：45.

## 第三章 "边缘人"的书写、生命的关照——莫言与村上春树人物形象比较

一起生活并且生儿育女。两人的思想和观念完全是两个世界的,他们的婚姻完全是盲目的。他的妻子茧儿是一个地道的农村姑娘,淳朴善良,整日里想的就是生儿育女。她认为只要照顾好丈夫,并且给夫家传宗接代,就是一名称职的妻子。

《爆炸》中的"我"显然比蝈蝈运气好一些,当兵后提了干,上了大学,成了国家干部,一帆风顺,顺利地摆脱了农村的生活。然而,尽管如此,"我"还是十分烦恼。因为父母早就为自己安排了一门婚事,给自己从北庄订了一个媳妇。尽管自身已经步入县城的生活,然而却与农村有割不断的联系。父母、妻女都还留在农村,因此"我"与父母和妻子的观念之间的碰撞也不断出现。"我"与蝈蝈一样,可以说是在城市现代文明与乡村愚昧野蛮的夹缝中痛苦挣扎的知识分子的典型代表。正如季红真所说,《爆炸》中的题目的"爆炸"二字,意寓"我"在两种生存方式的撕扯中,从躯体到精神都面临着爆炸式的崩溃。[1]

还有《弃婴》中的"我"也属于这类人群。当兵后离开农村,在回家探亲的路上,捡到一个别人丢弃的女婴。在"全家人念念不忘的就是我和妻子交配生子,完成我作为儿子和丈夫的责任。这种要求的强烈程度随着我和妻子年龄的增大而增大,已临近爆发的边缘"[2]的档口,我竟然从外面捡回一个孩子,这在家里面像炸开了锅一般,家人对这个孩子的反应不一。在家人的埋怨声中,我出门推销女婴。在这个过程中,作者通过乡政府工作人员之口告诉我们之所以会有这么多弃婴,与农村重男轻女的愚昧落后的思想关系密切。而且在回来的路上,"我"遇到一个小学同学,至今"光棍"一条。这位同学竟然将至今没

---

[1] 季红真. 忧郁的土地,不屈的精魂——莫言散论之一[J]. 文学评论,1987(1):20-29.
[2] 莫言. 莫言文集:白狗秋千架[M]. 北京:作家出版社,2011:337.

有结婚的原因归咎为没有姐姐妹妹可以为自己换亲，而且还产生了将女婴收养、抚养长大后，给自己当媳妇的想法。这让"我"落荒而逃。在小说的最后，作者发出一声叹息："但谁有妙方，能结扎掉深深植根于故乡人大脑中的十头老牛也拉不转的思想呢？"可谓一句点题。

  这些作品都发表于20世纪80年代的中后期。❶这个时期正是中国改革开放之后，大量外来文化进入中国，新旧文化思想不断碰撞、融合的一个时代。这个时期虽然在农村推行了新的政策，但是许多旧社会、旧思想的遗留和残存并未得到彻底地清除。社会流弊、封建主义残余、愚昧落后的思想，尤其是城乡之间的巨大差异给社会前进造成了障碍和阻力。特别是在莫言故事发生的舞台——农村，那里的生产和生活方式落后，主人公的祖祖辈辈都是农民，他们认为土地就是他们的一切。而新的一代人身上既有传统道德和封建意识的影子，又有向往城市的现代生活，与命运抗争，试图摆脱农村传统的落后生活方式和思想观念，从而使他们处在了固有封建传统文化和新的主流文化的夹缝之中。

  通过对这群"边缘人"的刻画，莫言在他的小说中反映了变革时代普遍存在的新旧意识冲突，既蔑视陈规旧法，强烈地抗争着现实的束缚，又重视自然人性真实合理的实现，凸显那些隐忍的角色。可以说，莫言一直在思考怎样面对时代变迁给人们带来的困惑与迷茫；如何直面飞速发展的商品经济生产对这块古老而又贫瘠的土地上的传统生活方式、生产方式、价值观念、道德伦理观念所带来的巨大的冲击。

---

❶ 中篇小说《球状闪电》1985年发表于《收获》杂志；中篇小说《爆炸》和1985年发表于《人民文学》杂志；《弃婴》发表于1987年第3期的《中篇小说选刊》。

莫言本身就是乡土大地的一员，知识分子的外衣无法隔离他对于乡土民间的血肉联系。莫言对于民间的感受并非是吟咏美丽的田园风光，他感受更多的是贫瘠的土地慢慢耗尽人的青春并渐渐消磨人的锐气的悲凉，感受到的是日复一日机械劳作那种无以复加的艰辛。这也使莫言在刻画这些民间"边缘人"的时候毫无做作之感，让人感觉真实、震撼。莫言以远离主流文化的边缘人视角观察整个世界，是其民间叙事意识的一个体现。

## 三、孤独、迷惘、空虚的都市青年人——村上春树笔下城市"边缘人"的形象探究

当莫言在高密东北乡酣畅淋漓地与那里的人们狂欢的时候，生活在日本都市的村上春树也悠闲地在自己的小天地里与都市夜归人听着爵士乐，呷着威士忌。

学界对于村上春树的小说是否属于都市文学已无争论。在日本，最早关注村上春树出现的是文学评论家川本三郎。川本在1988年的《"都市"中的作家们——论村上春树和村上龙》一文中，就已经注意到村上春树都市文学的特征。川本认为，现代都市与其说是人们生活的场所，不如说是充斥着毫无生命力、大煞风景的信息与符号的封闭空间。村上春树作品中的都市感觉，在承载对符号和虚构的热爱的同时，也充满对他们的憎恨。❶ 其后，日本评论家松本

---

❶ 日文原文为『「都市」の中の作家たち——村上春樹と村上龍をめぐって』，收录在川本三郎，《都市的感受性》(『都市の感受性』筑摩書房，1988年8月30日，)一书中。2006年5月收录于由若草书房出版的《村上春树论文集》中。

健一对都市文学的看法真正体现了都市文学的根本特征。他认为,所谓的都市小说必须有都市的烙印,即使舞台不是城市而是沙漠和乡间也无所谓。❶ 纵观村上春树的作品,鲜有光怪陆离的都市盛景,更多的则是酒吧、超市,这些能够表现现代都市消费特征的地点。而大量出现的商品名称、食品名称、唱片名称,以及进口酒、饮料、香烟的名称,则让人仿佛被大量符号所包围。甚至是人的名字都被省略,而直接以数字取而代之。因此,无论是村上早期的青春小说,还是后期介入社会的作品都有深刻的都市烙印。

在国内,早在1989年,李德纯在《物欲世界中的异化》一文中分析了日本都市文学产生的背景。他认为:"(都市文学)它的兴盛是日本经济从过热增长的巅峰状态向相对稳定时期过渡所必然产生的一种文学现象。"同时,他还认为都市文学是日本的社会结构、社会生活内容和社会心理发生变化的一个结果。李德纯对日本的都市文学给予了很高的评价。

"从结构到情节、细节的选择及寓意的可能性来看,都市文学多以存在主义的宏阔视角和神秘的梦幻,揭示城市居民在丰富驳杂而又变动不安的现实生活中,难以理喻的心态和病态的道德面貌。"他认为村上春树的都市小说是从城市生活这个独特视角,来探索当代日本青年困惑与追求的心灵奥秘。❷

王向远也指出:"一般认为'都市文学派'是日本20世纪60年代末70年代初至今所形成的三大后现代主义文学流派之一。村上春树被公认为是这一流派的代表人物,其他的'都市文学派'作家还包括村上龙、田中康夫、中上健次、

---

❶ 松本健一. 文学を開く—4—主題としての「都市」——村上春樹「1973年のピンボール」、フィッツジェラルド「マイ・ロスト・シティ」(村上春樹訳)[M]. 東京:文芸(河出書房新社),1982(1): 273-283.

❷ 李德纯. 物欲世界中的异化[J]. 世界博览,1989(5): 60.

## 第三章 "边缘人"的书写、生命的关照——莫言与村上春树人物形象比较

立松和平、桐山袭等。"❶

如吴福辉所言,都市与文学中间至少要有人。理解一个都市与理解这个都市的人总是密切相关。都市、人与文学密不可分、息息相关。❷作为日本都市文学的代表作家之一,村上春树作品中"边缘人"的一大特点便是他们都是远离都市中心、游离于都市主流文化之外的人。那么,村上春树在作品中都刻画了怎样的"边缘人"形象呢?

作为都市的一员,终日生活在都市的村上春树本身也渡过了不平凡的学生时代。

村上春树进入大学是在1968年。在这一年,由新左翼诸党派和无党派学生组成的"全日本学生共同斗争会议"策划并展开的学生运动,在这一年如火如荼地进行,所有大学都卷入了这场被简称为"全共斗"的学生运动。1969年1月,东京大学的学生更是因为与守卫在安田讲堂的警察机动队发生攻防战而名声大噪。这一时期的大学生几乎都参与了学生运动。尽管血气方刚的村上也参与了这次运动,但是整个学生时代,因为学校闹学潮停课,村上所做的是"绕着宿舍、打工地点和电影院这个三角团团转"。❸整个大学时代,村上所做的就是去电影院,然后萌生了想写点什么的念头。1969年4月,他的影评《问题只有一个,那就是没有交流——68年电影观感》发表在早稻田大学的校刊上,这恐怕是村上在公开刊物上发表的第一篇文章。村上大学期间几乎没有什么朋友往来,每天会跑到早稻田大学的戏剧博物馆,闷头看古今东西的脚本。可以说,

---

❶ 王向远. 日本后现代主义文学与村上春树 [J]. 北京师范大学学报,1994(5):71.
❷ 吴福辉. 关于都市、都市文化和都市文学 [J]. 上海师范大学学报(哲学社会科学版),2007(3):61.
❸ 村上春树. 村上朝日堂的卷土重来 [M]. 林少华,译. 上海:上海译文出版社,2014:15.

他以自己的方式渡过了学生时代。大学毕业之后，村上也没有循规蹈矩地进入大型企业工作，而是与太太阳子用打工的积蓄和借来的钱在国分寺开了一家叫"彼得猫"的爵士乐酒吧。关于这段经历，村上这样回忆：

"一开始我觉得找工作也未尝不可，转了几家有关系的电视台，但工作内容委实无聊之极，遂作罢。干那个还不如自己一个人开一家小店正正经经做事——亲手选材料、亲手做东西、亲手端给客人。不过说到底，我所能做的无非开一家爵士乐酒吧。我就是喜欢爵士乐，想干多少跟爵士乐有关的工作。"❶

村上春树的这段学生经历在青春三部曲《且听风吟》《1973年的弹子球》和《寻羊冒险记》中都有涉及。《挪威的森林》的主人公渡边身上也有村上春树学生时代的影子。如前所述，日本于20世纪60年代末发生了轰轰烈烈的学生运动，这其中以"全共斗"和"反安保运动"较有代表性。然而，由于害怕运动发展到无法控制的局势，政府镇压了学生运动，由此造成的挫败感、丧失感给当时的青年学生带来了无可名状的失落、空虚和孤独。村上在作品中塑造的年轻人就是受到了政治运动挫败的影响。《且听风吟》中"我"和朋友"鼠"相识于大学一年级。"鼠"是一个有钱人家的少年，第一次相识就是在酒吧，两人喝得烂醉如泥。三年后的一个暑假，两人终日所做的事情也是喝酒，然后发牢骚。两个人每天过的都是百无聊赖的日子。在《1973年的弹子球》中，"我"和朋友开了一家翻译公司，朋友称自己为"成功人士"。尽管生活看似无忧无虑，"我"或者是"鼠"却时常感到内心孤寂和空虚，总是沉浸在往事中，无法自拔。为了寻找精神寄托，"我"执意去寻找寓意着美好青春时光的弹子球

---

❶ 村上春树. 村上朝日堂[M]. 林少华，译. 上海：上海译文出版社，2005：45.

## 第三章 "边缘人"的书写、生命的关照——莫言与村上春树人物形象比较

机。还有《挪威的森林》中的渡边,以及他仅有的几个好友木月和直子,永泽和初美。他们家境殷实,内心却极度孤独和空虚。他们不参加任何活动,沉浸在自己的个人的小天地中,与外界隔绝。他们对生活毫无激情,也没有什么目标,更谈不上有任何理性,其结果便是随意就结束了自己的生命。值得注意的是,在《挪威的森林》中,村上着重传达了这样一个信息:作品中年轻人的孤独都是一种自我封闭的孤独,反映了现代都市青年的心灵深处,他们渴望被爱、渴望与人沟通。然而,一次次的努力和尝试之后,他们只得返回更加孤寂的自我内心世界之中。这无疑是一个循环往复的怪圈。其结果一是最后困在原地,无法解脱;二是选择逃往彼岸世界、异界,最终都会进入死亡世界。直子与木月两人青梅竹马、两小无猜。直子也是一直生活在两个人的小圈子内,然而当有一天木月死去,直子试图走出两个人的圈子,与主人公"我"渡边开始交往。结果直子还是遁逃至阿美寮这个异界,最终没有能够逃脱死亡的缠绕,"她在如同她内心世界一般昏黑的森林深处勒紧了自己的脖子。"❶

具有村上春树特色或者说"村上春树式"的别样笔触,将都市青年的颓废、孤独、无奈等情绪描写得淋漓尽致。村上春树刻画了一群处于城市边缘的年轻人的形象,发起了对社会现实的追问。

## 四、相同的边缘地位,不同的人生态度

莫言与村上春树各自生活的环境决定了他们作品中关注的主流"边缘人"的人物形象千差万别。然而,我们不得不承认两位作家所刻画的"边缘人"

---

❶ 村上春树. 挪威的森林[M]. 林少华,译. 上海:上海译文出版社,2007:354.

都是生活在边缘的人群，他们远离主流社会，在文化和意识形态上都被排斥在外。

通过以上人物形象分析可以发现，莫言作品中所刻画的面朝黄土背朝天的农民和活在夹缝中的知识分子，尽管他们处境艰难，但是他们并没有放弃与命运抗争，依然用自己积极的态度去面对生活。莫言对他们投去的不是同情的目光，而是鼓励与赞许的眼光。

虽然被历史的车轮裹挟着历经了中华人民共和国的各个时期，然而蓝脸依然坚守着土地，不抛弃、不放弃。莫言在作品中也毫不掩饰对这一主人公的溢美之词。要单干就彻底单干，蓝脸用他的顽固不化使自己卓尔不群。尽管生命走到了尽头，蓝脸仍然坚持用自己的方式来祭奠他热爱的土地。在蓝脸的遗嘱中，不要棺材，希望他的儿孙能将粮食撒到自己的墓穴中，让粮食可以遮掩自己。正如墓碑上所言："一切来自土地的都将回归土地。"❶ 坚信"只有当土地属于我们自己，我才能成为土地的主人"的蓝脸最终获得了作为一个农民的最完满的结局。❷

莫言还特意设置了两个远离土地的人物形象，与蓝脸形成了强烈的对比。一个是弃农从商的西门金龙，乘着改革的浪潮"下海"经商。他所经营的最大的一个项目莫过于在西门屯建造一个完整地保留着"文化大革命"期间面貌的文化旅游村。他的这个计划要破坏掉西门屯往东、直到吴家沙嘴的土地。这遭到了洪泰岳等众乡亲的强烈反对，洪泰岳率领众乡亲在县府门前示威游时，用快板唱道：

---

❶ 莫言. 生死疲劳 [M]. 北京：作家出版社，2012：544.
❷ 林建法. 说莫言（上）[M]. 沈阳：辽宁人民出版社，2012：312.

## 第三章 "边缘人"的书写、生命的关照——莫言与村上春树人物形象比较

"说到了1991年,这小子又把奸计想。

他要把全体村民赶出村,把村庄变成旅游场。

他要把万亩良田全毁掉,建球场,建赌场,开妓院,开澡堂,把社会主义西门屯,变成帝国主义游乐场。"❶

为了金钱疯狂出卖土地的西门金龙的结局,是洪泰岳腰绑炸药与西门金龙同归于尽了。

另外一个离开土地结局悲惨的蓝解放则是弃农从政的一个典型。从县供销社政工科长到县供销社党委副书记,再到县供销社兼党委书记,继而是主管文教卫生的副县长,蓝解放可谓是官运亨通、平步青云、仕途无量。然而,正如蓝解放自己所说,他本质上是一个守旧之人。他迷恋土地,喜闻牛粪气息,乐于过农家的田园生活,骨子里就是一个追求在土地上飞奔的人。他不抛开世俗的羁绊,在个人感情方面寻求安慰,与庞春苗相恋。因为结发妻子不同意离婚,他无奈抛弃妻子,与新欢私奔至异乡。后来,虽然两个人的结合得到了妻子和长辈的同意,然而他们所受的个中艰辛,旁人恐怕难以体会。在莫言笔下,土地如同润泽植物的土壤,滋养着人们的灵性。失去土地的同时,人类也失去了他们的质朴、善良和原始的生命力。离开土地是对土地的背叛,也是对传统价值和精神的颠覆。❷

而在农村与城市夹缝中挣扎的知识分子们,尽管生活极度压抑,对于现实很无奈,然而他们一刻也未曾放弃过改变现实的念头,不放弃任何一个改变现

---

❶ 莫言. 生死疲劳[M]. 北京:作家出版社,2012:544.
❷ 王卫平,吴杨. 论《生死疲劳》中的英雄与土地情结[J]. 文艺争鸣,2014(11):137-142.

状的机会。一个偶然的机会，蝈蝈去县城卖席子，偶遇中学同学毛艳。在老同学的鼓动之下，蝈蝈开始了改变命运的一系列举动——从信用社贷款买了五头良种奶牛，而毛艳跟随蝈蝈一起回到农村的家里帮助他一起养奶牛。可想而知，养奶牛与带毛艳回家这些举动在蝈蝈的家里掀起了轩然大波。先是蝈蝈的父母强烈反对蝈蝈这种贷款饲养奶牛的行为，陈旧的保守思想让他们觉得负债是一种沉重的负担，蝈蝈被迫与父母分了家。妻子也对蝈蝈误解重重，甚至产生了轻生的念头。蝈蝈就是这样在充满压制的环境中艰难地实现他脱离土地，进入城市的梦想。

反观村上春树作品中的都市青年，他们都不属于社会的底层人群或者弱势群体。如果他们愿意，完全可以成为主流社会中的一员。然而，对于虚伪的社会价值和消费社会的文明，他们采取了自我放纵的消极生活态度，由此带来的失落感和孤独感又让他们找不到自己的存在感。随着村上创作的成熟，都市的"边缘人"也试图去寻找出口，努力去寻找可以消除的方式。《且听风吟》中的"我"长期生活在孤独中，某一天突然开始渴望人群，于是来到了杰的酒吧，并在酒吧中认识了一个已经喝醉的没有小指的女孩。"我"与女孩从"遇见"到"遗失"的间隔十分短暂。而"我"在遗失了女孩之后，试图寻找过她。除了缺失小指的女孩，"我"还认识了其他两个女孩。"我"通过与这些女孩的交往来确认自身的存在感。然而，"我"并未得偿所愿。通过寻找，通过思考人存在的理由，"我"非但没有感受到自己的存在，反而愈发觉得"自己失去了存在的理由，只落得顾影自怜"。❶

---

❶ 村上春树. 且听风吟 [M]. 林少华，译. 上海：上海译文出版社，2007：86.

## 第三章 "边缘人"的书写、生命的关照——莫言与村上春树人物形象比较

如果说《且听风吟》中"我"的寻找并没有那么明显，那么《1973年的弹子球》中，主人公已经行走在寻找的路上了。主人公"我"与朋友合开一家翻译事务所，在两人的努力下，事务所搞得有声有色，"我"也成了朋友口中所谓的"成功人士"。而这样的"我"又何苦放弃好好的事业，跑去寻找数年前与"鼠"一起玩的游戏机——弹子球机呢？在《且听风吟》的译序中，译者林少华认为有以下三层寓意。其一，弹子球机作为一个机器，与主人公周围的人相比更能俘获他的心。在寻找弹子球机之前，他没有为任何人等待或者寻找过。不仅如此，主人公周围的事物都被数值化了。人与人之间完全没有感情交流，有的只是程式化的交往。双胞胎姐妹没有名字，取而代之的是数字——208和209，而弹子球机上面最吸引人的也要数上面代表成绩的数值。主人公在描述弹子球机时，更是提到"周而复始"。"弹子球机不会将你带去任何地方，唯独'重来'的指示灯闪亮而已。重来、重来、重来……甚至使人觉得弹子球游戏存在本身就是为了某种永恒性。"❶在开启寻找弹子球机之旅前，主人公的生活让他产生了"乖戾感"。"因为当务之急是把疏离了的自身黏合起来，找回我之所以为我的证据"，那么寻找的第二层寓意就是"寻找同自我疏离性相对立的自我同一性"。林少华随后论述到寻找的第三层寓意为村上对于彼岸世界的关注。村上在小说的一开篇就多次提到进口与出口。而存放弹子球机的仓库无疑是属于被称为"彼岸的死亡世界"或"质界"的另外一个世界。从这个意义上来讲，主人公的寻找和村上的寻找也是"在寻找灵魂的出口。"❷

---

❶ 村上春树. 且听风吟 [M]. 林少华，译. 上海：上海译文出版社，2007：21.
❷ 村上春树. 1973年的弹子球 [M]. 林少华，译. 上海：上海译文出版社，2007：11.

如果说《一九七三的弹子球》中的主人公是在寻找的路上，后来的《寻羊冒险记》《舞！舞！舞》《挪威的森林》，村上与主人公的故事完全是始于寻找的，寻找的意义也与《1973年的弹子球》有异曲同工之处。前两部作品（《且听风吟》与《1973年的弹子球》）所暗含的"在彷徨、迷惘中追寻"的主题贯穿其中，而"背部带奇特星纹的羊""跳舞"便和"弹子球"相似，都蕴含着"我"的存在意义这一寓意。

那么，主人公究竟是否寻找到了出口，或者说寻找是否有结果呢？

在《且听风吟》的末尾，主人公遍寻不到左手只有四个手指的女孩，他能做的只有"经常走那条同她一起走过的路，坐在仓库石阶上一个人眼望大海。想哭的时候却偏偏出不来眼泪，每每如此"。❶ 无论从身体上，还是内心世界，尽管主人公与女孩之间刻意保持着一定的距离，然而随着两人交往的深入，"我"与女孩之间的距离不断缩短。本想通过女孩打破自己与他人的距离的主人公，依然丢失了女孩的讯息，使自己再次陷入无尽的虚无和孤独中。

《1973年的弹子球》的结尾又如何呢？主人公最后虽然找到了梦寐以求的弹子球机，然而与弹子球机的会面和交谈并未让主人公的生活有什么大的改变。双胞胎回到原处，"我"又开始了周而复始的生活，"我"依然没有寻找到答案。

在接下来的作品中,村上和主人公依然在寻找"我是谁""我在哪里"的答案。然而，结果往往让人失望。《寻羊冒险记》中主人公在最后选择"鼠"的死亡来结束自己的冒险之旅，但主人公并未因此获得接下来生存的意义。主人公先是沿着河边独自走了一段，然后哭了两个小时。哭完之后，接下来去哪里还是不

---

❶ 村上春树. 且听风吟 [M]. 林少华, 译. 上海：上海译文出版社, 2007: 142.

## 第三章 "边缘人"的书写、生命的关照——莫言与村上春树人物形象比较

知所措。❶《海边的卡夫卡》的结尾与此非常相像。"我闭目合眼,释放身体的力气,缓松紧张的肌肉,倾听列车单调的声响。一行泪水几乎毫无先兆地流淌下来,给脸颊以温暖的感触。"卡夫卡随后说道:"可是我还没有弄明白活着的意义。"❷他们所流的泪水可以说是为自己而流的,是遍寻不到自己生存的意义而失落的泪水,是面对毫不确定的未来时不知所措而留下的惶恐的泪水。日本文学评论家岛森路子曾这样评论:"主人公总在寻求什么,但其所寻求的一开始便在某处失落,因而无论怎样挣扎都无法填充其失落感。"而正是这种失落感,导致了主人公内心的孤独与寂寞。我们可以看到,村上式的孤独并不单单源自小市民式的随处可见的感伤主义,不仅仅是对个人心境涟漪的反复哀叹,更多的是源于对人的本质、生命的本质,以及社会体制、自身处境的批判性审视和深层次质疑。这样的审视和质疑促使我们不断地追忆、不断地出走、不断地寻找,而寻找的结果又往往让人怅然若失。所以说,村上式的孤独用林少华一段论述来总结就是——"村上笔下的孤独是每个人都有的孤独,读起来就像写自己,因而是一种无所不在的普通人的孤独,而且给人的'感觉好极了'。这是一种很优雅的孤独,很美的孤独。孤独者大多懒洋洋坐在若明若暗的酒吧里,半喝不喝地斜举着威士忌酒杯;半看不看地看着墙上名画仿制品;半听不听地听着老式音箱里流淌的爵士乐……从不怨天尤人从不自暴自弃从不找人倾诉。一句话,与其说是在忍耐孤独打发孤独,莫言如说是在经营孤独、享受孤独、守望孤独、回归孤独。"❸

---

❶ 村上春树. 寻羊冒险记 [M]. 林少华,译. 上海:上海译文出版社,2007:349-350.
❷ 村上春树. 海边的卡夫卡 [M]. 林少华,译. 上海:上海译文出版社,2007:513.
❸ 林少华. 村上春树和他的作品 [M]. 宁夏:宁夏人民出版社,2004:10.

通过上述分析和比较可知，莫言与村上春树都以各自生活过的乡村和都市为舞台，立足各自的阵地，在细致入微的观察和切身体验之后，关注了乡村与都市"边缘人"的人生，表现了乡村与都市"边缘人"的生存方式和生存状态。他们把握了乡村和城市"边缘人"的脉搏，深入农村与都市"边缘人"的灵魂深处，触摸了乡村和都市之魂，展现了乡村与都市"边缘人"之间的精神差异。然而，尽管两位作家边缘人的地位相同，但是他们对于自身边缘地位的态度则大相径庭。莫言作品中的边缘人形象更多的是与现实的抗争，莫言赋予他们更多的是顽强的生命意识。相对于莫言，村上春树在作品中表达的无奈与无助更多一些。

## 第二节 "边缘人"的特殊视角

以上从传统"边缘人"理论的角度对莫言与村上春树作品中的人物形象做了一个归纳和总结。然而，随着时代的变迁和科学研究的进展，人们对于"边缘人"的外延有了新的理解。"边缘人"这个概念本身就是比较宽泛的。例如，相对于成年人来说，儿童是被排斥成人话语之外的一个群体。此外，在一定时期，女性的经济和社会地位相对于男性来说，也处于一个边缘地位。因此，儿童和女性在特定的条件和时期也被看作"边缘人群"。还有身体残缺者相对于身体健全者来说，他们在某种意义上也是处于边缘地位的。莫言和村上春树作品中也有对这些"边缘人"的书写，他们又有怎样的异同呢？

# 第三章 "边缘人"的书写、生命的关照——莫言与村上春树人物形象比较

## 一、莫言与村上春树儿童视角比较研究——以《四十一炮》和《海边的卡夫卡》为中心

### 1. 儿童视角的界定

视角原本是西方叙事学和文体学的一个概念，也被称为"叙事视角"。❶ 在西方叙事学和文体学的影响下，很多中国的学者也对叙事视角进行了探索性的阐释。杨义在所著《中国叙事学》中写道："叙事视角是一部作品或一个文本，看世界的特殊眼光和角度。"❷ 可见，在此叙事视角涵盖范围被扩大了。杨义继而提到："作者必须创造性地运用叙事规范和谋略，使用某种语言的透视镜、某种文字的过滤网，把动态的立体世界点化（或幻化）为以语言文字凝固化了的线性的人事行为序列。"❸ 在这里，视角被比喻为语言的透视镜、文字的过滤网。它是使作者和文本的心灵相通的重要桥梁，是作者把自我体验的世界转化为语言叙事世界的基本角度；同时，它也是读者进入这个语言叙事世界的钥匙，借此打开作者心灵的窗口。杨义将视角的意义扩大到了读者层面，拓宽了视角的外延。虽然从严格意义上来说，儿童叙事视角并非叙事学中的概念。然而，在中国现代文学中，随着儿童形象不断地出现在作品中，学者们从不同角度阐释了自己眼中的儿童视角，儿童视角也逐渐作为一个约定俗成的概念固定下来。

---

❶ 叙事视角的分类通常是按照叙述者叙述权限与自我限制程度来划分的，传统上分为全知叙事模式、第三人称有限视角叙事和第一人称回顾性叙事。西方叙事学和文体学的学者对于视角的分类有很大的争论。详见申丹所著《叙述学与小说文体学研究（第三版）》北京大学出版社 2007 年第九章不同叙述视角的分类、性质及功能。

❷ 杨义. 杨义文存（第一卷）：中国叙事学 [M]. 北京：人民文学出版社，1997：191.

❸ 杨义. 杨义文存（第一卷）：中国叙事学 [M]. 北京：人民文学出版社，1997：192.

有必要指出，本书所说的儿童视角是指成人作品中的儿童视角，而非儿童文学中的儿童主人公，即"借助于儿童的眼光或口吻来讲述故事，故事的呈现过程具有鲜明的儿童思维的特征，小说的叙述调子、姿态、结构及心理意识因素都受制于作者所选定的儿童的叙事角度。"❶ 而小说中的儿童是作家虚拟出来的人物形象，是整个故事的叙述焦点或整个文本的叙事主体。儿童视角中的儿童是心理意义上的儿童，它泛指身心未成熟的个体，"其心智、情感、思维等尚未走出稚嫩、单纯、懵懂的未成年心态和序列"。❷ 还有学者从其他方面阐释了儿童视角的内涵。王宜青从心理文化内涵将儿童视角界定为一种叙事策略，认为儿童视角就是创作主体从孩童的"眼光、态度、思维方式和价值取向"出发，来物色内容、架构故事情节，继而将儿童视角比喻成"过滤器、摄像机甚或监视孔"，并认为涉及儿童视角的文学的内容多为"表现与儿童感知发生联系的那部分现实生活景观"。❸ 沈杏培从儿童视角的文体意义与文化意义出发，同样认为儿童视角是一种极具个性化的叙事策略，并指出儿童视角的本质是有意地疏离成人理性与成人经验，通过这种刻意的疏离来完成对"儿童社会属性、独特认知方式的深刻体认，以及对'儿童'作为视角人物与审美对象必将丰富小说文本的极大自信"；同时，总结了儿童视角所具有的强大优越性在于儿童视角所建构的新的视角和立场，借助这个视角，作家在陌生化的体验中可以建构一个区别于以往的成人理性的艺术世界。❹ 张文颖认为，由于儿童智力有限、思维不发达，

---

❶ 吴晓东，罗岗，倪文尖. 现代小说研究的诗学视域 [J]. 中国现代文学研究丛刊，1999（1）：23.
❷ 姜瑜，沈杏培. 儿童视角的诗学阐释及其对现当代文学研究的意义与价值 [J]. 伊犁教育学院学报，2006（3）：67.
❸ 王宜青. 儿童视角的叙事策略及心理文化内涵 [J]. 浙江师大学报（社会科学版），2000（4）：19.
❹ 沈杏培. 论儿童视角小说的文体意义与文化意义 [J]. 当代作家评论，2009（4）：150.

第三章 "边缘人"的书写、生命的关照——莫言与村上春树人物形象比较

因此儿童视角区别于"理性的、成熟的同时,也是功利的、世故的成人视角"❶,是天真无邪的、纤尘不染的。儿童视角不仅是独特的叙事策略,更是一种匠心独运的小说技巧。从以上叙述中可知,不论是从回溯性文本来看,还是从叙事学文体角度,抑或心理学角度,学者们皆认为儿童视角不仅仅是以儿童为主人公来展开故事,更重要的是作者通过对儿童独特的纯真和率真的性格、非比寻常的色彩感觉、淳朴天真的幻想,以及纤弱缜密的幼小心灵而获取与以往成人视角所不同的叙事策略,通过儿童眼中的成人世界现实与现实中的成人世界的这种强烈的反差带来文体、心理及社会意义。儿童视角更多地被赋予的是儿童之外的社会意义。以《四十一炮》为主要代表的莫言的作品和《海边的卡夫卡》,就属于在儿童视角下诞生的作品。

用王安忆所说的一段话来概括:"孩子是每个作家免不了要写的。在有些作家看来,孩子只是作为写作对象的一部分;而在另外一些作家看来,孩子却意味着看世界的角度和方式。"❷ 莫言和村上春树无疑属于后者。

## 2. 莫言与村上春树作品中的儿童形象

虽说儿童视角在某种程度上意味着一种叙述策略,然而不能否认的是作家借助儿童视角建构自己的艺术世界时,儿童本身所蕴藏的巨大魅力消除了作家与儿童经验、儿童视角之间的违和感,发掘了儿童视角的巨大潜力。正如莫言自己所说:"童年视角在《四十一炮》中得到了一种最集中的表现。很多人认为我是善于写童年视角的,所以我想索性就在《四十一炮》这部小说里面把童年

---

❶ 张文颖. 无垢的孩童世界——莫言、大江健三郎文学中的儿童视角[J]. 日语学习与研究,2007:35.
❷ 杨守森,贺立华. 莫言研究三十年(中)[M]. 济南:山东大学出版社,2013:165.

视角写到极致。"❶《四十一炮》的主人公肉孩子——罗小通,几乎拥有莫言作品中儿童形象的所有特点。

　　首先,罗小通是莫言作品中小男孩里面的一个代表人物。从莫言的成名作《透明的红萝卜》中的能听到头发掉落地下声音的黑孩,《枯河》中的小虎,《红高粱》中的豆官,《铁孩》中能吃铁的孩子,《拇指铐》中的阿义,《丰乳肥臀》中的上官金童、司马粮,《罪过》中的大福子,《酒国》中的金刚钻,《猫事荟萃》《夜渔》《梦境与杂种》《五个饽饽》《大风》中的"我",直到《四十一炮》中的罗小通,可以说,"小男孩"在莫言那里形成了一个庞大的形象群。他们的共同特征是机警、敏感、顽皮和经常性的恶作剧。由于他们的生命力受到了不同的压抑,这使他们的感官敏锐且反常,甚至具有某些超能力。《四十一炮》中的罗小通对肉十分渴望,"竟然能够强烈到泪如雨下的程度"。❷而且罗小通在吃肉的时候,是与肉们在进行着心灵相通的亲密沟通的,有一种相知相遇的心有灵犀的感情。最终,罗小通实现了与肉们的语言沟通。这些小男孩无论从生理上还是心理上来看都尚未成熟,尽管他们与成人一样承受着生存的压力——饥饿、痛苦,但却往往被大人无视,无法享受与成人同等的权利。这使他们在小小年纪就异常叛逆。

　　罗小通不仅身体上是饥饿的,在心灵上也是孤独的。这种孤独很大的原因是父亲与其情人"野骡子"的出奔。虽说罗小通的父亲罗通并未去世,只是五年没有音信,所以实际上罗小通是没有父亲陪伴的,甚至是被父亲背叛的孩子。因为五年过去了,父亲和野骡子音信全无,留下的只是谣言四起,流言蜚语满

---

❶ 杨守森,贺立华. 莫言研究三十年(中)[M]. 济南:山东大学出版社,2013:51.
❷ 莫言. 四十一炮[M]. 北京:北京作家出版社,2012:10.

## 第三章 "边缘人"的书写、生命的关照——莫言与村上春树人物形象比较

天飞。这对于一个男孩子来说无疑是莫大的伤害。加之父亲的背叛使母亲将对父亲的怨气强加在自己身上，对自己十分粗暴，经常因为小事情而被随意打骂。这让罗小通无法享受到同龄人所拥有的母爱的关怀与呵护。

无独有偶，《海边的卡夫卡》中的少年田村卡夫卡也不是一位随处可见的普通的十五岁少年。卡夫卡的经历可以用"坎坷"来形容。母亲在他四岁时就带着领养的姐姐离他而去。这是他命运受到的第一次毁灭性的打击，也让卡夫卡对自己产生了深深的质疑与否定。他也对自己缺失母爱介怀于心。他常常问自己，母亲缘何不爱自己了，自己没有权利享受母爱又是为哪般。而父亲强加给他的恶毒诅咒则彻底击垮了他，让他对自己未来的命运感到前所未有的无所适从。"亲手杀死父亲，并与母亲和姐姐媾合"的预言像一枚定时炸弹的装置深深地嵌入卡夫卡少年的身体里，成为他自身的组成部分，无论怎样都无力去改变。这是他命运面临的第二次致命的一击。背负着沉重的枷锁，承受着甚至高于成人的生命重压，卡夫卡决心"成为世界上最顽强的十五岁少年"。然而，他投身而入的成人世界又充满了凶险。为了能够战胜这些险恶，田村卡夫卡选择了沉默和孤独。

> "在班里，我当然不受任何人喜欢。我在自己周围筑起高墙，没有哪个人能够入内，也尽量不放自己出去。这样的人不可能讨人喜欢。他们对我敬而远之，并怀有戒心，或者感到不快时而感到惧怕也未可知。"❶

可见，田村卡夫卡有意识地将自己与同龄人剥离开来，独自忍受着孤独和重压。亲人的不辞而别让少年卡夫卡无所依傍，而重压在他身上的预言式的诅

---

❶ 村上春树. 海边的卡夫卡[M]. 林少华, 译. 上海：上海译文出版社，2007：8.

咒，让他对自我的命运把握感到苍茫、无力。

综上所述，尽管莫言与村上春树作品中的儿童生活的环境大相径庭，但他们都是孤独的；与成人相比，他们处于相对劣势的地位，处于社会的边缘地带，对于自身命运的把握有强烈的无力感。他们为了在成人世界中获取更多的话语权各自努力着。

## 3. 是自我放逐，还是自我救赎——莫言与村上春树的儿童视角诉求比较

莫言与村上为何都不约而同地选择了儿童视角呢？他们选择儿童视角又是为了表达怎样的诉求呢？

从1986年到2008年《四十一炮》出版，在20多年的时间里，莫言一直钟情于儿童形象。除了儿童视角本身的魅力之外，最直接原因莫过于莫言自己的童年经历。

莫言曾多次在不同场合提起自己的童年。莫言的童年时代是在物质极度匮乏导致的饥饿中度过的。除了身体上承受的生存压力，他还要承受精神上的孤独创伤和暴力创伤。来自家庭和外界的双重暴力，给莫言留下了莫大的心灵创伤，因此童年的莫言是心灵脆弱的。再加上莫言生活在政治敏感和斗争狂热的年代，他的童年也是不幸的。"我是一个在饥饿和孤独中成长的人，我见多了人间的苦难和不公平，我的心中充满了对人类的同情和对不平等社会的愤怒，所以我只能写出这样的小说。"[1] 饥饿、孤独、暴力交织成了他的苦难的童年生活，他的整个成长时期一直充斥着物质和精神上的双重缺失，但同时也为莫言创作

---

[1] 莫言. 我的高密（散文卷）·作者与故乡[M]. 北京：中国青年出版社，2011：156-160.

## 第三章 "边缘人"的书写、生命的关照——莫言与村上春树人物形象比较

提供了取之不尽和用之不竭的宝贵财富。例如,《枯河》中描写了傻子小虎爬树为支书女儿小珍折树杈却不慎跌落将其砸晕,而遭受到了来自家人的轮番毒打,最终小虎只有以死来抗争这世间,尤其是亲情的冷漠。莫言在小说的结尾指出,小虎其实就是自己的缩影,他所遭受到的就是自己童年经历的一个写照。《四十一炮》中母亲对"我"的粗暴对待更是描写得淋漓尽致。如果没有真实的经历,很难将挨打的场合写得如此逼真。

当莫言被记者问到是否有过最绝望的时候,莫言回答:"我绝望的时候太多了,但最终还是找到了用写作来疗治绝望的方法。"❶ 那么,选择儿童视角可以视为莫言通过这种方式来弥补童年中所缺失的一切,通过描写这些儿童形象,莫言完成了自我疗治。《四十一炮》中选择了让儿童主人公不停地诉说,长大后的罗小通在回忆十年前的自己时,便是在庙中讲述给大和尚听的。莫言自己也说过:"借小说中的主人公之口,再造少年岁月,与苍白的人生抗衡,与失败的奋斗抗衡,与流逝的时光抗衡,这是写作这个职业的唯一可以骄傲之处。所有在生活中没有得到满足的,都可以在诉说中得到满足。这也是作者的自我救赎之道。"❷

村上春树也如出一辙地多次谈到他之所以创作小说是为了"治愈"自己。在《且听风吟》的一开篇,村上写道:"不存在十全十美的文章,如同不存在彻头彻尾的绝望。"

这个可以说是村上的小说观,也是他的人生观。他继续写道:"说到底,写文章并非自我诊疗的手段,充其量不过是自我疗法的一种小小的尝试。"❸ 而

---

❶ 莫言. 莫言对话新录 [M]. 北京:北京文化艺术出版社, 2009:461.
❷ 莫言. 诉说就是一切 [J]. 当代作家评论, 2003(9):83.
❸ 村上春树. 且听风吟 [M]. 林少华,译. 上海:上海译文出版社, 2007:8.

《海边的卡夫卡》中少年卡夫卡的离家出走之举,本身也是为了自我救赎。卡夫卡幼年时被母亲抛弃,又被父亲诅咒"会亲手杀死自己的父亲,同母亲和姐姐交媾",小小年纪背负沉重的负担。为了从诅咒的阴影中摆脱出来,让自己损毁的人生得到一些救助,他以此确认自己的存在感。

除了寻求救赎和治愈,莫言与村上春树都在作品中关注了儿童的成长。

在《海边的卡夫卡》中文版序言中,村上写道:"之所以想写少年,是因为他们还是'可变'的存在,他们的灵魂仍处于绵软状态而未固定于一个方向,他们身上类似价值观和生活方式那样的因素尚未牢固确立。……我想把如此摇摆、蜕变的灵魂细致入微地描绘在小说这一容器中,以此展现一个人的精神究竟将在怎样的故事性中聚敛成形,以及由怎样的波涛将其冲往怎样的地带。"林少华也曾经提到:"《海边的卡夫卡》是一个少年精神成长史的一个剖面,也可以说是一部'成长小说'"。❶虽然卡夫卡从年龄和体格上来看不算是一个少年,然而从精神上他依然是一个孩子。罗小通也是如此,表面上不是一个孩子,实际上从他的言谈举止来说,还是一个儿童。那么卡夫卡和罗小通在作品中是不是成长了呢?他们又是如何成长的呢?

卡夫卡之所以离开家,是因为他要寻找当初母亲抛弃自己之谜,去寻找一个答案。他想知道,自己为什么不拥有被自己亲生母亲所爱的权利,母亲何以要做这样的事情来损毁自己的人生。说到底,卡夫卡是寻找自己在现实世界的存在感,或者说继续在这个世界上活下去的意义。在成长的道路上,卡夫卡选择了寻找,这也是村上春树作品的一大主题。为此,卡夫卡通过森林,进入一

---

❶ 林少华. 为了灵魂的自由——村上春树文学世界[M]. 北京:中国友谊出版公司,2010:93.

## 第三章 "边缘人"的书写、生命的关照——莫言与村上春树人物形象比较

个没有时间和记忆的异质世界。卡夫卡也得到了与生活在这里的十五岁佐伯推心置腹交谈的机会。在得到佐伯的解释之后，卡夫卡解开了心结。从表面上看，卡夫卡好似完成了心灵的治愈，实现了自我救赎。因为他不但弄清了母亲缘何离自己而去，而且在母亲的劝说下，从异质世界回到了现实世界。然而，卡夫卡依然很迷惘，他"还没弄明白活着的意义"。通过阅读文本可知，卡夫卡的一切治愈活动都是在那个时间和记忆一片空白的异质世界完成的。正如黑古一夫所说，这些都是带有"神话式（童话式）"要素，"都明显地具有'遁逃'或'逃避'的性质"。❶ 换句话说，这种"疗愈"脱离了现实世界，决定了卡夫卡进入异质世界的找寻最终无法找到自己在现实世界的存在意义，甚至还将希望寄托在诸如"听风的声音"这般虚无缥缈的事物上。这与《且听风吟》《寻羊冒险记》和《1973年的弹子球》中最后主人公寻找的结果如出一辙。听着风声或者海浪声，却不知道该往何处去。或者说，他是在被其他人推着往前走，卡夫卡的内心其实是抗拒成长的。因此，《海边的卡夫卡》中的成长是一种消极的成长。为了躲避恶毒的诅咒，卡夫卡离家出走。进入异质世界之后，不想再返回现实世界，这意味着他不再希望融入社会之中，或者说是在拒绝与社会接触。"我"正实践着一种远离诸如人生目的等终极问题的生存方式，这也是一种对社会的消极姿态，或者称其为虚无主义。❷

说回莫言，莫言作品中的罗小通又在经历着怎样的成长呢？

《四十一炮》中的罗小通虽然在普通人眼里只是个十二三岁的小毛孩，但是由于父亲与一个名叫"野骡子"的女人私奔而抛弃了自己和母亲。罗小通从内

---

❶ 黑古一夫. 村上春树：转换中的迷失 [M]. 秦刚，王海蓝，译. 北京：中国广播电视出版社，2008：171.
❷ 黑古一夫. 村上春树：转换中的迷失 [M]. 秦刚，王海蓝，译. 北京：中国广播电视出版社，2008：18.

心感觉自己与其他的孩子是不一样的。他没有一直消沉下去，反而通过跟随母亲收购废品的经历，使自己的知识量，包括电器方面的知识远远地超出了同龄人。尤其是罗小通在收废品的时候，收购一门八二迫击炮之后，罗小通俨然已经成为大人了。尽管他的身体是一个儿童，但是他的知识面、他的胆识、他的思想已经成为甚至超越了一个普通成人的水平。这也是《四十一炮》这部小说中，"炮"所具有的丰富的内涵意义所在。喜欢吹牛、撒谎的孩子被称为"炮孩子"。同时，"炮"也是成人肉体欲望的一个象征。罗小通与学校老师大吵一架，出了校门来到了桥头。他看到一条大鱼冲进小鱼的群中，张开大口把许多小鱼吸了进去。这时候，罗小通想到的是"为了不让别人吃，就要大。我感觉到自己已经很大了，但还不够大。我要赶快长大。"❶由此可见，是优胜劣汰的残酷现实逼迫罗小通成长。自此之后，罗小通开始反抗成人权威，积极地获取与大人平起平坐的机会。他的思维方式、想法与成人毫无二致，甚至优越于成人。罗小通在十二岁时，就已经在精神上成为一个大人了。然而，让人深思的是，10年后长大成人的罗小通虽然身体长大了，精神却依然滞留在童年。十二岁时"平生第一次体验酒后的感觉，也是我第一次获得了与大人平起平坐的权力，……我感到已经步入了成人世界"。❷十年后，二十二岁的罗小通在庙里遇到一个与野骡子姑姑十分相像的女人时，他"想到她的怀抱里去抚摸她、去让她抚摸我"，甚至"想吃她的奶，想让她奶我，我想成为一个男人，但更愿意是一个孩子，还是那个五岁左右的孩子"。❸正如王安忆所说，这种成长是带有抵

---

❶ 莫言. 四十一炮[M]. 北京：作家出版社，2012：191.
❷ 莫言. 四十一炮[M]. 北京：作家出版社，2012：150.
❸ 莫言. 四十一炮[M]. 北京：作家出版社，2012：49.

第三章 "边缘人"的书写、生命的关照——莫言与村上春树人物形象比较

抗性的。"莫言的成长往往是一个激动的过程,母亲的愤怒、父亲的浪荡,还有创伤、疾病、谩骂、暴力和遗弃,可是孩子并没有因此萎缩;相反,很健壮。"❶

因此,通过儿童视角反射出的现实世界的残酷更多的是通过学者的各种解读呈现出来的。莫言与村上春树之所以选择儿童视角更多地还是关注儿童本身的成长和其生存状态。从这个意义上说,《四十一炮》的罗小通过诉说来感受自身的存在感,而《海边的卡夫卡》中卡夫卡少年通过寻找来确认自己的存在。

儿童的地位是边缘的,儿童的眼光是纯真无垢的。正因为他们处于边缘地位,才更引起人们对他们的关注;正因为他们这种非常规的视角,才形成了作品陌生化的独特美感,反射出对于成人世界另类的关照;也正是缘于儿童视角独特的叙述与文体上的巨大优势,作品才受到众多小说家的青睐。尽管在具体的方式和手法上略有不同,莫言与村上春树还是准确地捕捉了儿童视角的这种特质,用儿童的目光看待整个世界,从另外一个角度解读成人世界的种种现象,将作品的目光投射到人性与当时人的生存状态上。

## 二、"安娜"的影子——莫言《怀抱鲜花的女人》与村上春树《眠》的女性形象比较

莫言与村上春树在作品中都塑造了女性形象,尽管莫言与村上春树作品中的女性生活的环境迥异,然而女性在特定时期社会中所处的劣势地位和遭受的不公平待遇,让莫言与村上春树不约而同地关注到了女性的生存状态。

---

❶ 王安忆. 喧哗与静默[J]. 当代作家评论, 2011(4): 12-13.

## 1. 女主人公身上"安娜"的影子

《怀抱鲜花的女人》最早发表于1991年《人民文学》第7—8期。不同于之前"红高粱系列"中诸如戴凤莲那般野性十足的女性形象,正如小说标题所示,莫言在作品中刻画了一个温柔如水、笑靥如花的女人,一如她手上所捧的那束充满生命力的鲜花。对于刚刚出场的女主人公,莫言是这样描写的:

"她穿着一条质地非常好的墨绿色长裙,肩上披着一条网眼很大的白色披肩。披肩已经很脏,流苏纠缠在一起,成了团儿。她脚上穿着一双棕色的小皮鞋,尽管鞋上沾满污泥,但依然可以看出这鞋子质地优良,既古朴又华贵,仿佛是托尔斯泰笔下那些贵族女人穿过的。"❶

在接下来的讲述中,莫言又一次提到怀抱鲜花的女人的脚下是托尔斯泰的女人们穿过的华贵皮靴。

不仅在衣着上,王四与怀抱鲜花的女人相遇的场景也十分耐人寻味。在黑暗的桥洞下,在打火机的微弱光芒的照耀下,女人怀里抱着的那束鲜花让王四感到突然袭来了莫名的兴奋。而其后,女主人公那两只既忧伤又深邃的灰色大眼睛射出的善良而温柔的光彩、脸上渐渐展开的妩媚而迷人的微笑却让"王四的心紧起来"。然而,最终让王四感到这个陌生女人与自己之间建立了一种亲密的联系并且促使王四产生与她对话的欲望,则是引起王四童年记忆的"一股热烘烘的、类似骡马在阴雨天气里发出的那种浓稠的腐草味儿"。因为王四在考进高中前一直跟着爹住在饲养棚的炕上,"每逢阴雨天气,牲口身上的腐草味道像

---

❶ 莫言. 莫言文集:怀抱鲜花的女人[M]. 北京:作家出版社,2012:97.

## 第三章 "边缘人"的书写、生命的关照——莫言与村上春树人物形象比较

一只温暖的摇篮、像一首甜蜜的睡眠曲使他沉沉大睡"。这一切宿命式的安排,自然而然地让人想起托尔斯泰《安娜·卡列尼娜》中安娜与弗龙斯基相遇的那一瞬间。

"他道了声歉,就走进车厢去,但是感到他非得再看她一眼不可。这并不是因为她非常美丽,也不是因为她的整个姿态上所显露出来的优美文雅的风度,而是因为在她走过他身边时她那迷人的脸上的表情带着几分特别的柔情蜜意。当他回过头来看的时候,她也掉过头来了。她那双在浓密的睫毛下面显得阴暗了的、闪耀着的灰色眼睛亲切而专注地盯着他的脸,好像在辨认他一样,随后又立刻转向走过的人群,好像是在寻找什么人似的。"❶

不同的场景、相同的细节,让人对两对主人公的相遇有似曾相识的感觉。那朴素的长裙、灰色的眼睛、温柔而善良的眼神,再加上与男主人公宿命般的爱恨纠葛,或多或少地让我们看到了怀抱鲜花的女人身上有"安娜"的影子。

那么在村上春树《眠》这部短篇小说中,作者刻画了一个怎样的女主人公呢?

《眠》写于1989年的春天,原本是收录在1990年第六部短篇集《电视人》中的六个短篇之一。《眠》和《电视人》被《纽约客》翻译发表,声誉还不算坏。而且村上本人也很看重《眠》和《电视人》,他在《村上春树全作品1990—2000年》第三卷的"解题"中写道:"即使在过去所写的短篇小说之中,《电视人》和《眠》也是我最中意的两篇。如果把之于我的最佳短篇集为一册,我绝对把这两篇收入其中。尽管作为故事的质感哪一篇都令人不寒而栗,但我觉得其中又

---

❶ 列夫·托尔斯泰. 安娜·卡列尼娜[M]. 周扬,谢素台,译. 北京:人民文学出版社,2001:73.

含有事情开始朝某个方向推进的温暖预感。"也正是出于这样的偏爱,在德国的出版商杜蒙出版社的企划下,在 2010 年 11 月推出了《眠》的插图单行本,由德国画家卡特曼施克(Kat Menschik)为其做插图画。细读这个版本的小说,便会发现第 4 页之后的插图是一副托尔斯泰笔下俄国妇人装扮的女性,而主人公与安娜的渊源不止如此。

书中的女主人公是一名家庭主妇,家庭生活风平浪静,非常平稳、非常规律。她虽然说不上家财万贯,但是丈夫的牙医诊所经营得顺风顺水,经济上并无为难之处。然而,就是在这样羡煞旁人的生活中,"我"时时感到惶惶不安。村上是这样来描述主人公"我"变得睡不着之前的生活的:

"这就是我的生活。是我睡不着前的生活。大致说来,几乎天天如此,周而复始。我写过简单的日记,两三天忘了写,便分不清哪天是哪天了,昨天和前天颠倒过来也丝毫不足为奇。我不时感叹这算是怎样的人生啊!并不是说因此感到空虚,而仅仅是为之惊诧,惊诧昨天与前天混为一谈的事实,惊诧这样的人生竟包含自己吞噬自己的事实,惊诧自己留下的足迹没等确认便被风倏然抹去的事实。"❶

然而,有一天一场梦魇让"我"夜晚无论如何都无法入眠,不仅不困,而且精力还十分充沛。失眠期间,"我"喝白兰地,虽然"我"的丈夫讨厌"我"吃甜食,但仍然在半夜跑去便利店买巧克力吃,并且重拾结婚前的爱好——读书。最开始挑选的小说便是《安娜·卡列尼娜》。在失眠的第一夜,直至窗外变白,"我"一直在聚精会神地读《安娜·卡列尼娜》。"我"在失眠的第一个星期将《安

---

❶ 村上春树. 村上春树文集:电视人[M]. 林少华,译. 上海:上海译文出版社,2002:8.

## 第三章 "边缘人"的书写、生命的关照——莫言与村上春树人物形象比较

娜·卡列尼娜》读了三遍。托尔斯泰笔下的安娜，在与弗龙斯基私奔后，在每个等待弗龙斯基归来的孤寂夜晚，用来打发时光的事情也是阅读。安娜是一个充满激情、向往自由的人物。她为了改变现状、寻求爱情、追求自我，不惜作了飞蛾扑火式的努力。安娜反对一切谎言，反对一切的虚假和欺骗，追求一种纯洁的爱。她对生活有向往，最终她觉得没有寻找到自己想要的东西，终于幻灭而自杀。托尔斯泰通过这个故事，寄托了他对爱情和生活的严肃思考。而《眠》中的女主人公同样是在失眠的夜晚反省了过去的生活，"惊诧自己留下的足迹没等确认便被风倏然抹去的事实"。"我"如饥似渴地读这部经典作品，这间接地折射了人物潜意识的想法：有像安娜一样被压抑的生活，渴求释放生命的激情，渴求找寻真正的自我……通过正常的路径难以释放内心压抑的心情，只有在非现实的世界中才能随心所欲地回归自我。"我"17天不睡觉，这种荒诞、夸张的构思，既有现实层面的无奈，又从一个侧面表现了"我"是何等迫切地需要摆脱日常生活中那种如机器般的状态，拥有个人的生活、拥有生命的激情。从这个意义上来说，从《眠》的女主人公身上，我们同样看到了安娜的影子。

### 2. 梦幻与现实

托尔斯泰虽然继承了19世纪伟大的现实主义传统，但是作品中的主人公安娜相信生活的偶然性，所以生活中有热情、有浪漫。

莫言也曾经说过："我小说中的女性与我们现在所看到的女性是有区别的，虽然她们吃苦耐劳的品质是一致的，但那种浪漫精神是独特的。"[1]

从小说设定的当时的时代环境来看，怀抱鲜花的女人身上鲜明的浪漫主义

---

[1] 莫言. 小说的气味：我为什么要写《红高粱家族》[M]. 沈阳：春风文艺出版社，2003：67.

色彩，无疑是莫言作品女性描写的重要特征。这同样是《眠》的女主人公一直在平庸的主妇生活中认为自己所欠缺的，而自己要去努力追寻的东西。

然而，与安娜的浪漫主义色彩不同的是，《怀抱鲜花的女人》与《眠》的女主人公身上更多了一抹梦幻的色彩，而怀抱鲜花的女人特别具有魔幻抑或幻魅的色彩。这点让作品的浪漫主义气息别具一格。

关于"幻魅"一词，援引自王德威《魂兮归来》中的说法。王德威在谈到中国小说鬼魅的叙事渊源时认为："我所谓的鬼魅叙事除了中国古典的传承外，也有借镜晚近西方的'幻魅'（Phantasmagoric）的想象之处。此一魅幻想象可以上溯至19世纪初的幻术灯影表演（Phantasmagoria），借助灯光折射的效应，表演者在舞台投射不可思议的影像，而使听众疑幻似真。"❶ 至于怀抱鲜花的女人从何而来，拥有何种社会关系，小说中一概没有交代。而且小说中曾提到，王四看到女人和狗的后方，在芦苇丛中，有一只狐狸的蓬松乱毛在微微抖颤着的时候，甚至认为女人是狐狸所变，女人是一只狐狸精，是一个狐女，如影随形一样跟着自己。虽然这个猜想后来被证实是完全错误的，而这无疑给人物加上了浓重的魔幻色彩。再加上小说特定的情节让主人公不断地追来躲去，女主人公往往突如其来，又令人惊诧地离去，在现实与幻境之间穿梭，的确让人疑幻似真。

再者，如前所述，《怀抱鲜花的女人》最早创作于20世纪90年代。在那个年代有如此优雅脱俗的装扮，已属少见。再加上无论遇到任何事情，女人都是不言不语。不论何时何地，她都保持一种蒙娜丽莎式的神秘微笑，不论是甜蜜的微笑，还是苦涩的微笑，抑或是带泪的微笑。而对于王四之外的其他事物诸

---

❶ 王德威. 魂兮归来 [J]. 当代作家评论, 2004（1）: 21.

## 第三章 "边缘人"的书写、生命的关照——莫言与村上春树人物形象比较

如名利、金钱、地位一概视而不见，一如既往地对于追求王四的执着精神，与现实中势力而蛮横的"钟表姑娘"形成了鲜明的对照。因此，可以说，这个女性形象的梦幻，甚至是幻魅，更加凸显了现实世界人物的冷酷无情。

再来看《眠》中的女性形象。虽说没有怀抱鲜花的女人那般魔幻，然而从接连整整17天不眠不休，而本人也丝毫没有因为缺少睡眠而感到倦怠或者身体不适，反而觉得"自己的人生被扩大了"。从之前用于睡眠的时间完完全全属于自己的这个情节来看，已十分离奇。"我可以随心所欲地使用时间。不再受任何人干扰，不再有人提出任何要求。"而更让女主人公被赋予梦幻色彩的，当属睡不着的第一夜里"我"做的那个黑洞洞滑溜溜的梦。在形容这个梦的时候，作者写道：

"在梦的顶峰我醒了过来。若再沉浸在梦境中势必积重难返——就在那紧急关头像被什么拽回似的猛然睁开眼睛。睁眼好半天都只顾大口大口喘气，手脚麻木活动不自如。而凝然不动，便如横卧在空洞中一般，唯闻自己的喘息声如雷贯耳。"❶

于是，在接下来的梦中，"我"看到一个黑影先是轮廓清楚显现，继而内里就像注入黏稠液体般填入实体、增绘细节。由于梦中人物太过于清晰，随后作者又写道：

"这不是梦，我想。我从梦中醒来，并且不是迷迷糊糊中醒来，而是如被弹起一般。所以这不是梦，这是现实。"❷

---

❶ 村上春树. 村上春树文集：电视人 [M]. 林少华，译. 上海：上海译文出版社，2002：88-89.
❷ 同上.

从此可以看出，此时的氛围是这般似梦非梦、虚无缥缈、难以把握。这也奠定了整部小说的基调。而梦境中的人物更是充满神秘色彩，穿着紧身黑衣服的瘦老人、又灰又短的头发、凹陷的双颊，老人"只管目光炯炯地逼视着我"，后来拎着一个老样式的陶水瓶朝我的脚倒水。无论怎样倾倒，水瓶里的水都源源不断。关于老人、关于水，"我"百思不得其解。这或许可以从《眠》的创作背景中找到些许端倪。在创作《眠》之前，作者的创作有很长一段时间遇到了瓶颈。在《眠》的后记中，村上春树写道：

"有很长一段时间，我写不出小说。更准确点说，就是怎么也没有心思写小说。……因为无心写小说，前一年的秋天花了一个月的时间，和摄影师驱车去希腊与土耳其旅行了一圈，写了本游记。旅行相当艰辛，我是又黑又瘦地回到罗马的。"❶

诚如村上自己所言，村上来到希腊便一头扎进"希腊僧侣自治共和国"，在这个几乎与世隔绝的地方住了四五天。虽然村上本人没有任何宗教信仰，对与宗教有关的文物丝毫不感兴趣，尽管如此，这次由俗世进入圣地又重返俗世的俗圣之旅还是给他以某种触动，至少是他最为接近宗教的一次特殊旅行。❷那么是否可以说"我"做的那个梦的宗教意味更浓重一些呢？

一提到用水浇在人的身体上这个行为，通常人们会想起基督教的"洗礼"这一宗教仪式。洗礼的施行主要有两种方式：洒水和受浸。洒水礼也称"点水礼"，这个仪式是牧师在主持洗礼时，用一点水洒在接受洗礼的信徒头上的形

---

❶ 村上春樹. ねむり [M]. 東京：新潮社，2010：91.
❷ 林少华. 村上春树和他的作品 [M]. 宁夏：宁夏人民出版社，2005：124.

## 第三章 "边缘人"的书写、生命的关照——莫言与村上春树人物形象比较

式。受浸也称"浸礼",即为接受洗礼的信徒全人浸在水中。主礼的牧师扶持受浸礼的信徒向后仰全身浸入水中,意为涤荡心灵。《眠》中女主人公梦到黑衣老人朝我的脚浇水之后,"我"在夜晚就睡不着了,进而开始反思自己之前走过的路,寻找自我之所在。浇水既有洗涤污垢,又有涤荡心灵之意,有些类似"洗礼"的仪式,而黑衣人则有些牧师的影子,所有这些带有宗教色彩的描述给作品蒙上了浓重的梦幻色彩。

然而,与《怀抱鲜花的女人》中的女主人公相比,《眠》中的女主人公的现实性似乎更强一些。她生活在都市中,丈夫和朋友合开了一家牙科诊所,孩子已经上小学。每天早上都要去送丈夫和孩子,做着同样的手势,说着相同的离别话语。日复一日,循环往复。

可见,不论是梦幻多一些,还是现实色彩更浓重,《怀抱鲜花的女人》与《眠》中的女主人公都是生活在梦幻与现实的交织中,虽然魅惑,但观照现实;尽管生活在真切的现实之中,却难免被赋予梦幻色彩。

### 3. 个人悲剧,还是社会悲剧

众所周知,安娜与弗龙斯基的爱情故事无疑是爱情悲剧。孙晓忠在《安娜·卡列尼娜》小说后记中的文章《个人悲剧和社会悲剧》中认为:"托尔斯泰在刻画安娜寻找爱情的正当性时,并没有过分地将卡列宁丑化,这就意在揭示小说所要揭示的是社会悲剧而非个人悲剧。"❶那么带有安娜影子的《怀抱鲜花的女人》与《眠》中两位女主人公的命运又如何?要探讨女主人公的命运,必须将视角转到小说的男主人公和其他人物,尤其是与小说男主人公的感情纠葛。

---

❶ 列夫·托尔斯泰. 安娜·卡列尼娜[M]. 周扬,谢素台,译. 北京:人民文学出版社,2001:954.

如前所述，怀抱鲜花的女人带有魔幻或幻魅色彩，发生在她身上的故事似乎远离现实。但是细读后可以发现，在这个超现实的故事之下恰恰有一个极其现实的背景。

海军上尉王四在回家与未婚妻完婚的路上，由于一场雨机缘巧合地与怀抱鲜花的女人相遇。在怀中鲜花的诱惑下，特别是女人口中那股引起王四童年回忆的腐草味道，鬼使神差般地使王四去亲吻了女人。而后事态一发不可收拾，王四走到哪里，女人就跟到哪里，以致王四被一个不明不白的女人纠缠这件事闹得满城风雨，并且传到了王四的未婚妻的耳朵里。最后的结局是百货大楼售货员带领一干人等大闹王四家后，将送给王四家的钟表一并带走了。王四的父母不堪重负也含恨而死，而怀抱鲜花的女人赤身裸体地在王四准备结婚的洞房中与王四两人紧紧搂在一起死去了。王四的家庭可以说是家破人亡。

在 20 世纪 90 年代，军人这个职业是非常神圣的、非常有面子的，尤其是王四还是海军上尉。而王四的未婚妻的职业也是非常让人羡慕的——百货大楼钟表专柜的售货员。在那个资源匮乏的年代，这个职业是人人都梦寐以求的，况且这个叫"燕萍"的售货员的叔叔是王四的哥哥的领导，这样的婚姻显然是没有感情的、功利性十足的。上尉说："娘，你甭操心啦，砍头不过碗大个疤，我豁出去了。"母亲说："你豁出去可以，但这名声可就臭大了。你媳妇的叔叔是你哥的领导，你要和人家散了，又是为这种事散了，你哥的日子可怎么过哟。"[1] 显然，王四父母看重的是这个婚姻所带给他们的现实利益，而王四究竟爱不爱这个售货员不在他们的考虑范围。由此可见，售货员是王四与现实世界相交的一个出口。

---

[1] 莫言. 莫言文集：怀抱鲜花的女人 [M]. 北京：作家出版社，2012：97.

## 第三章 "边缘人"的书写、生命的关照——莫言与村上春树人物形象比较

那么鲜花女人又象征着什么呢？张永辉在《童话世界与成人世界——解读〈怀抱鲜花的女人〉》中认为，售货员是成人世界的代表，而鲜花女人代表的是童话世界。成人世界是需要自己独自面对的世界的世俗世界，是以"追名""逐利""谋权"为基本原则的世俗世界，现实层面中比较宽广而精神中相对狭小的世界；与此相对，童话世界则处于保护的世界，是以"审美""求真""向善"为基本原则的精神世界，是现实中非常狭小而精神上无限广大的世界。他还指出，在面对钟表姑娘所代表的成人世界和面对鲜花女人所代表的童话世界时，王四的内心是挣扎的、痛苦的，他处于自我分裂的状态。一方面，他对鲜花女人抱有好感；另一方面，迫于现实的压力，他又不得不与钟表姑娘结婚。成人世界的强大使他不得不成为一个屈服于现实的无赖懦夫，童话世界的美好又使他鬼使神差地吻了鲜花姑娘。选择钟表姑娘意味着童话世界的死亡，选择鲜花姑娘意味着成人世界的解体。所以不管王四选择哪一个，都意味着悲剧的结局。❶

而在现实层面，我们可以看到作者对王四的批评与谴责："王四想起自己当水手时，在舰船的潮湿舱房里，躺在那狭小的铁床上摇摇晃晃地阅读《聊斋志异》的情景，那时多么希望有一位美丽温柔的狐女来到自己的身边。现在，狐女近在咫尺，如影随形般地跟着自己，理想变成现实，结果却是如此痛苦。王四自我解嘲地想：我是真正的'叶公好龙'！"❷ "叶公好龙"的典故用在这里，我们可以推断：王四对鲜花女人的爱只停留于想象层面，一旦面临真正的现实，需要王四付诸行动时，他却不敢有所作为。莫如说，鲜花女人是王四憧憬的、理想中的恋爱对象，而刚刚改革开放的20世纪80年代中国农村的现实，

---

❶ 张永辉.童话世界与成人世界——解读《怀抱鲜花的女人》[J].名作欣赏，2013（35）：19.
❷ 莫言.莫言文集：怀抱鲜花的女人[M].北京：作家出版社，2012：117.

纷繁复杂的裙带关系，却让王四不得不选择出身条件和工作条件优越的"钟表姑娘"。因此，王四与怀抱鲜花的女人的悲剧既有王四个人性格上的原因，更多的是当时特殊社会背景造成的悲剧。

小说《眠》的结局同样引人深思。"我"在睡不着的夜晚开车去港口兜风，在"我"闭目深思的时候，感觉到人的动静。当"我"醒过神来，环顾四周，发现两个黑影站在那里。那两个黑影不断摇撼"我"的车子。他们打算将车子掀翻。

"出岔子了。""我"静下心来慢慢地思考。但是，"我"不知道究竟出了什么岔子。

小说的结尾作者写道：

"我不再努力，靠在椅背上双手捂脸。我哭了，我只能哭。泪水涟涟而下。我一个人闷在这小箱子里，哪里也去不得。现在是午夜最深时分，两个男人不停地摇晃着我的车，要把我的车掀翻。"[1]

在此处，"我"提到自己是被禁锢在车这个狭小的空间里。而对于"我"来说，"铁箱子"又何止是一个呢。社会体制、家庭对于"我"来说都像是一种束缚。女主人公的失落感贯穿整部小说。失落感之一是自己与他人的隔绝。小说结尾中"我"被关在车子里，黑影中的男人不停地摇晃着"我"的车，试图将车掀翻。这里的"隔绝"含有暴力性的因素，多少有点主体性被客体侵占的味道，一种生活在现代都市中的家庭主妇被种种因素束缚而产生的身不由己的感觉。正如郭晓丽所说，主人公试图通过无眠的非正常的生理规律来对抗日常化，

---

[1] 村上春树. 村上春树文集：电视人 [M]. 林少华，译. 上海：上海译文出版社，2002：118.

## 第三章 "边缘人"的书写、生命的关照——莫言与村上春树人物形象比较

然而无眠之后的生活又成为一种新的牢笼,这注定也是失败的,因为"我"完全切断了和外界的感情交流,封闭在个人的世界里。❶

从小时候起就习惯于读书的"我",结婚之后大多数的精力都被家庭琐事无端占据,而不知不觉习惯了不读书的生活。在无眠的日子里,作者曾经这样反思:

"最后完整看一本书是什么时候来着?当时到底看的什么书?但怎么也记不起,书名都记不起来。人生何以变得如此面目全非了呢?那个走火入魔般一味看书的我究竟跑去哪里了呢?那段岁月,那般可谓异乎寻常的激情于我到底算什么呢?"

这里"我"失去的,不仅是看书的激情,还是失去自我主体性,失去反抗客体的力量,以及对生活的澎湃激情。然而,女主人公并没有因此而萎靡不振,反而在失落中不断反省直至觉醒,试图突破禁锢,寻找出口,但结果却是无疾而终。

《眠》中女主人公与村上其他作品的女性形象有很大不同,既不同于早期诸如《且听风吟》《1973年的弹子球》《舞!舞!舞》中那些符号化了的女性,其身上也不具有早期关乎青春记忆的形象,而是一个有血有肉、我们能实实在在地感受到她的孤独与渴求自我的都市女性。在《眠》这部小说中,村上春树也将大部分笔墨用于对于女性形象的描写和塑造。与《怀抱鲜花的女人》的主人公相比,在这部小说中,村上有意识地抽离了女主人公身上的"他者性"因素,着重凸显女性作为独立个体的"自主性"。

历史上,日本女性处在受男性意识支配的地位,毫无性别意识。而到了

---

❶ 郭晓丽. 村上春树《眠》的时间叙事与现实关照 [J]. 日语学习与研究, 2014(5): 116.

当代，日本女性自我意识开始觉醒，已经拥有选择爱情的自由。然而，由于时代的局限性，加之女性易于陷入狭隘的自身，觉醒后的女性如何重新认识自我，怎样再次诠释自身，坦然面对人生，这又将是一个巨大的挑战。女性的生存状态无法与如此强烈的女性自我意识相匹配。婚后的女性要固守在家里，为丈夫、为孩子、为家庭牺牲自己，被家庭琐事磨灭了自己的意志、激情、理想和自我被抛弃，甚至当内心矛盾不可调和时也要千方百计地麻痹自己。她们被自己一手建立起来的"幸福生活"所控制，永远不能逃脱。面对现实社会，她们唯有妥协。由此可见，《眠》中女主人公的命运不仅仅是个人问题，而是一个更广阔的社会问题。

进入 21 世纪，女性问题仍然是我们研究的对象。女性的生存状态、心理状态、对社会和自我的认识等都被人们所广泛关注。而在 20 世纪 90 年代，莫言和村上两位作家都将视角定位在了女性的存在这一焦点上面。不论是莫言那种通过与男主人公的复杂纠葛来刻画女性形象，还是一如村上那般降低女性的"他者性"来凸显女性的自主性，都将生活在特定年代不同女性的生存状态展现得一览无余。

## 三、身体残缺的女性言说——以《白狗秋千架》和《国境之南，太阳以西》为中心

身体残缺的女性也是莫言与村上春树在作品中关注的女性形象。从某种意义上来说，相对于身体健全者来说，身体残缺者也是属于"边缘人"的范畴。而身体残缺的女性以女性特有的感情和纤弱细腻的心思，再加上身体上的残缺带来的压力，使这种人物形象的关注具有很大的探讨价值。

## 第三章 "边缘人"的书写、生命的关照——莫言与村上春树人物形象比较

### 1. 外表坚强、内心脆弱的身体残缺女性形象

《白狗秋千架》中的暖并非一生下来就是身体残缺者,而是在17岁那年由于男主人公"我"在秋千架上的失误右眼被槐针刺中,留下了残疾。暖的左眼由于生理补偿或是因为努力劳作而变得异常巨大,并且看起来很恶。这使她原本比电影演员还姣好的容貌变得丑陋不堪。眼睛的残缺使暖自惭形秽,产生了强烈的自卑感,顺从了命运的安排。她不再奢望爱情,也断绝了和"我"的联系。眼睛上的残缺使无奈之下的暖嫁给了不会开口说话的残疾人,并且生下了三个不会说话的儿子。眼睛的残缺使她失去了美丽的爱情和幸福的生活,丈夫儿子都是残疾人,留给她的只有无声家庭生活里的无尽孤独与寂寞。她除了要承受繁重的农活,还要忍受村里人的歧视,以及无人对话倾诉的愁苦,这比眼睛受伤影响面容更让暖倍感痛苦。

村上春树在《国境以南,太阳以西》中也塑造了一个因小儿麻痹症左脚留有残疾的女同学岛本。岛本是小说男主人公成长过程中接触的四位女性中的一位,然而也是他最憧憬、最念念不忘的一个。除了身体残疾之外,岛本也是日本生育高峰中难得一见的独生子。再加上岛本是转校生,这让岛本承受着非同一般的精神压力。岛本与初在单独相处的过程中互生情愫,并成为各自对方命中注定的那个人。然而,升入初中后,两人却因为各自的顾虑而天各一方。分开20年后,两人再次相遇。但当对岛本一往情深的初欲放弃自己的家庭和一切与岛本和好如初时,岛本却消失得无影无踪。

两个故事中的女性她们生活轨迹并非一样,遭遇也不同,然而我们可以看到两位身体残缺的女性有许多共同点。由于身体上的不完整,她们比其他女性

更加敏感，更加在意别人的眼光，她们比任何人都在意自己身体的缺陷。在"我"去暖家看望暖时，暖并没有直接出门，而是在屋里收拾停当以后，才出来迎接"我"。暖换上了干净的衣服，并且装进了假眼，而且在发觉"我"注视她的右眼之后，故意低下了头。岛本从来不会提起自己和腿疾有关系的话题。因为进门要脱鞋，会让对方发现自己的残疾，岛本几乎不去别人家玩。她每次回家的第一件事就是将自己双脚厚度不同的鞋子放入自家鞋柜，与初在沙发上听音乐时，也总是将两条腿放在自己的身下。身体缺陷带来的自卑感使她们变得在别人面前十分要强，不轻易向别人低头。暖在田间劳作结束后，在桥上偶遇儿时青梅竹马的"我"时，她的话语是充满倔强的。尤其是"我"一身城里人的装束，说话异常泼辣，当被"我"问道是否过得不错时，暖很泼地说："怎么会错呢？有饭吃，有衣穿，有男人，有孩子，除了缺一只眼，什么都不缺，这不就是'不错'吗？"❶ 而岛本在学校待人接物方面十分谨慎，表现出超乎寻常的冷静与自律。无论遇到多么令人不快的事情，她都会面带微笑。从12岁到20年后与初再次相遇，她脸上的微笑从未消失。在学校的时候，岛本总是面带微笑；在保养完唱片之后，会冲"我"露出微笑；初次来到初的酒吧，与初再次相遇的时候，她盯着初的脸依然微笑。然而，坚强外表下无法掩盖她们内心的脆弱。沉重的家庭负担让暖不得不在酷暑时还要在田间劳作，但她精神上的重压比身体上的劳累更加沉重。丈夫的蛮横粗暴让暖的生活如一潭死水，不仅如此，因为丈夫和孩子都是不会说话的残疾人，暖每天只得面对无尽的孤独和寂寞。她只能同白狗说话。眼前的生活让暖发出了宿命式的叹息："这就是命，

---

❶ 莫言. 莫言文集: 白狗秋千架[M]. 北京: 作家出版社, 2012: 232.

## 第三章 "边缘人"的书写、生命的关照——莫言与村上春树人物形象比较

人的命,天注定,胡思乱想不中用。"❶ 而岛本对于自己与初分开后的 20 年的生活也是讳莫如深。从岛本与初谈话的点点滴滴我们可以大体了解,岛本在与初分开后,并未得到自己中意的男性伴侣,她经历了丧子之痛,刚刚足月孩子夭折了;她的身体患有严重的疾病,濒于死亡的边缘。在这样的情况下,尽管岛本无意去打扰初的生活,还是无法一个人独自承受内心的脆弱,而选择让初陪伴自己撒下自己孩子的骨灰。

尽管暖和岛本生活在不同的环境中,然而身体残缺的她们具有相当多的共同点:外表倔强而要强,内心却敏感而脆弱。面对这样的人物,莫言与村上春树并未仅仅停留在表面上的描写和塑造,而是通过她们与之前恋人的感情纠葛深入她们的内心深处。

### 2. 自尊、自爱、坚强、独立的女性

除了性格上的相似之处,两位女性在对待与昔日恋人的离别与再次相遇的态度也十分相像。

尽管境遇悲惨的暖话里话外都强调自己已经完全顺从了命运的安排,一再告诫自己,再怎么胡思乱想都没有用,似乎是全然放弃改变现在的状况。然而,"我"的出现又一次燃起了暖心中的希望。为了改变自己的现状和命运,她并未放弃生活中任何一线可能性,于是才有生一个会说话孩子的心愿和果断的行动(在高粱地里安排与'我'的约会)。"正如张志忠所说:"一个普通的农村妇女竟然如此顽强地争取生活的权利,生命的天性远远地高于世俗观念和艰难时世。重要的也许不在于她做什么,而在于她怎么做;重要的不是追求什么,而是无

---

❶ 莫言. 莫言文集:白狗秋千架[M]. 北京:作家出版社,2012:228.

论在怎样艰难困苦之中也不曾失落的生命欲望。追求的目的是有限的，追求的过程却可以是悲壮而又辉煌的。"❶

与暖的惊人之举类似，岛本与初再次相遇后所表达的想法也让我们印象深刻。岛本首先说道："某种事物是不能后退的。一旦推向前去，就再也后退不得，怎么努力都无济于事。假如当时出了差错——哪怕错一点点，那么也只能将错就错。"❷也就是说，这是过去与现在的关系问题。岛本在暗示初，自己对于初来说是"过去"，初的家庭和事业是"现在"，意指两人再怎么努力，也无法重修旧好，表现出了女性鲜有的理性一面。这一点暖也提到过。在面对男主人公的愧疚时，暖说道："没有你的事，想来想去还是怨我自己。那年，我对你说，蔡队长亲过我的头……要是我胆儿大，硬去队伍上找他，他就会收留我，他是真心喜欢我，后来就在秋千加上出了事。你上学后给我写信，我故意不回信。我想，我已经破了相，配不上你了，只叫一人寒，不叫二人担，想想我真傻。你说实话，要是我当时提出要嫁给你，你会要我吗？"❸在一直以男性为主导的社会中，在面对昔日的恋人，岛本与暖两位女性都表现出了积极和主动的一面。既然已经错过，就不再纠缠过往，而是保持自己人格的独立和自尊。她们的自尊、自爱主导着自己的命运，而并未将命运交给男性手中。而且岛本一再强调："不存在中间性的东西。不存在中间性的东西的地方也不存在中间。"岛本提出两个人要么再次分开，要么就抛开现在的一切完全属于对方。

综上所述，莫言与村上春树打破了一直以来男性主宰话语权的现状，将女

---

❶ 张志忠. 莫言论[M]. 北京：北京联合出版公司，2012：68.
❷ 村上春树. 国境以南，太阳以西[M]. 林少华，译. 上海：上海译文出版社，2007：46.
❸ 莫言. 莫言文集：白狗秋千架[M]. 北京：作家出版社，2012：232.

## 第三章 "边缘人"的书写、生命的关照——莫言与村上春树人物形象比较

性置于一个"反客为主"的积极主动的地位上。身体残缺的暖与岛本都没有囿于男性至上的传统观念，而是努力地按照自己的价值观和人生观来做出决定。莫言与村上春树不仅关注着女性的生存状态，更是时刻不断改变自己的女性观念，表现出对于女性的尊重与赞赏。

莫言以自己农民出身为基点，用农民的眼光和情感写农民的心理体验。莫言对农民与生活在农村与城市夹缝中的知识分子既深切同情，为他们鸣不平，又不遗余力地深挖他们身上农民的弱点。因此，莫言笔下的农民形象既深刻，又富有真实感。同样，村上春树从自己学生时代的经历出发，描写了都市青年处于游走在城市边缘的真实生存状态。从迷茫、失落到反省与找寻，村上春树只是一味地真实描述这个过程。与莫言相比，村上春树很少表达自己的态度，更多的是将这些青年人的孤独、空虚显示在世人面前，给自己也给读者产生疗愈功能。

除此之外，莫言与村上春树都将关注的目光投向了儿童与女性的边缘存在。通过对《四十一炮》与《海边的卡夫卡》儿童形象的比较，莫言与村上春树都运用儿童边缘而纯真的视角观察成人世界，并进而反观儿童的成长和生存状态。通过一系列女性形象的比较，莫言与村上春树都表现出了与传统女性观不同的观点，对于女性更多的是赞赏与鼓励。不论是身体健全的女性，还是身体残缺的女性，她们都表现出了坚强、独立，向往真正的自由与解放。儿童与女性形象让莫言与村上春树"边缘人"形象更加完整。可以说，对两位作家而言，作品为人物而生，人物为作品添彩。

# 第四章 文学与"介入"——"介入"之于莫言与村上春树

## 第一节 何谓"介入"

### 一、"介入"的哲学思想及其意义

"介入"一词最早发端于重视实践和干预的行动哲学,它指的是文学必须为人类的某一思想或时代的某一行动服务。20世纪以来,面对康德主义的艺术与生活的二分法,学界提出远离艺术自律和审美无利害命题,认为审美、艺术应该对生活有干预作用和参与意识,介入思想便应运而生。

介入思想最早萌芽于席勒的《审美教育书简》。在这部著作中,席勒继承了康德的二元论哲学。他认为,在近代这个让人悲伤的时代里,人的感性和理性

## 第四章 文学与"介入"——"介入"之于莫言与村上春树

被割裂开来。为了解决这个矛盾,他提出了游戏说,认为艺术是"自由的游戏"。游戏说作为感性与理性的统一,实际上是将理性感性化为"活的形象",从而实现人性的完整,凸显艺术的无功利性。张冰认为,席勒的思想是对康德思想的超越和发展。康德不断强调的是"生活与审美的各自独立,艺术是一个完全自足的世界,没有外在的功利用途。但席勒却希望审美成为忧伤的近代社会的救赎手段。"❶ 席勒说:"我们的时代实际上是在两条歧路上徬徨,一方面沦为粗野,另一方面沦为疲软和乖戾。我们的时代应通过美从这种双重的混乱中恢复原状。"❷ 对于席勒来说,他进行审美教育的目的是要恢复分裂的人性,而人性的本质就在于自由。这种自由不仅仅是人性完满时的自由心境状态,更是体现人作为自然界的特殊物种的超感性的力量。虽然他反对康德的物自体的存在,但是他认为人的天性中就隐含这种力量。这种力量让人从感性状态走向理性状态,并走向最终的善。这种向善的力量就是席勒所说的人所具有的意志,是人在自由心境中所进行的一种选择。席勒虽然对文明、对人性所造成的分裂状态表示了自己的批判,但是文明所带来的人的潜力的挖掘,也让他对人自身的能力抱以乐观的态度。这也是他相信在自由心境中人所做出的选择必然是有益于人类自身的选择的原因。因此,席勒认为,人必然要从美走向道德,从审美的人走向道德的人,现实世界的道德的人。这种道德的人是审美的人的高一级别的发展,这种发展不是无缘无故的,而是体现人性的一种必然,"在人的理性天性中有一种通过知性可以提高的道德天禀,而且就是在他的感性和理性兼而有之的天性中,

---

❶ 张冰. 马克思主义与介入美学 [J]. 首都师范大学学报(社会科学版), 2012(2): 112-116.
❷ 席勒. 审美教育书简 [M]. 冯至, 范大灿, 译. 上海: 上海人民出版社, 2008: 78.

也就是说在人的天性中，也存在着一种通往道德天禀的审美倾向。"❶

因此，在席勒看来，审美状态的人是自由的，而道德状态的人更表现出一种自由，体现了作为社会上的个体的人在自然万物面前所应有的人的尊严。也就是说，个体的人无法脱离社会环境而生存，只能表现具有一定社会意义的个体存在。席勒这里实际上是强调了人的一种社会性，并认为个体的社会性存在很多因素，其中重要的、不可或缺的一环为道德因素。

这就意味着席勒的理论主张如若要具备完整的人性，需要通过审美教育来培养。为了达成这一目标，他建议小孩子刚一出生，就应该把他们放到希腊的天空下去培养；当这些孩子长大成人以后，再回到近代社会来，拯救这个社会。从他的这个观点中可知：第一，席勒眼中的"美"不是一个孤立高傲的、完全与现实生活隔绝的、象牙塔中的东西，而是干预现实社会的功利性的工具。席勒的审美教育是对社会有着强烈的改造诉求的思想。第二，环境对于人的成长至关重要，人无法脱离环境。这在一定程度上否定了康德将人与对象、主观与客观纯然分开的二元论思想。虽然席勒寄希望于一个存在于社会之外的世界，即古希腊的环境来改造他所生活的世界，但这是不可能实现的，所以他的美学具有强烈的乌托邦意味。尽管如此，他的思想还是将社会性进入审美，强调对现实的干预和改造是美学的一个重要作用。

尽管席勒思想有其自身的不足之处，例如，他并未解决康德所遗留下来的艺术、审美与现实生活的二分问题。这致使人们面对解决这一问题时，陷入一种悲观主义情绪。因为席勒把培养审美的人放在了虚构的空间中，使问题的解决陷入一种虚无，近代的生活、环境无法达到审美所要求的标准，甚至相差甚远。

---

❶ 席勒. 审美教育书简[M]. 冯至，范大灿，译. 上海：上海人民出版社，2008：204.

## 第四章 文学与"介入"——"介入"之于莫言与村上春树

或者说对于近代的人来说,审美本身已经成为一种有名无实的命题,因为古希腊的天空对于近代人来说十分遥远,可以说并不存在。但是他为美学的发展提供了另外一种可能的道路:艺术和审美的价值并不在于自足,而在于通过介入生活、介入社会而发挥它们改造现实的作用。

虽然席勒的主张中体现了一种如今被广泛关注的介入美学的特质,然而席勒并未在公开场合或著作中提及介入这个说法。真正将介入一词带入大众视野的是法国哲学家萨特。

萨特除了是一位哲学家,还是一位作家和文学评论家。萨特对于介入思想的贡献不仅在于他提出了这个说法,而且他在其哲学自由观的基础之上,将介入从哲学领域扩展至文学和文学评论的领域,提出了"文学介入"的美学思想。

萨特的文学介入思想与萨特的哲学思想息息相关,受到哲学理论的影响非常大。在20世纪50年代前后,萨特结合胡塞尔的现象学方法与海德格尔的存在本体论,在此基础上创立了自己的"现象学的存在主义"理论。《存在与虚无》便是其理论的系统性体现。而这一时期,对于文学介入,萨特非常明确地主张文学的政治性介入。但随着萨特的哲学思想扩展到人道主义存在主义,并进而转变为存在主义的马克思主义,他逐渐淡化介入理论的政治色彩。文学介入的美学思想也有了很大的转变。1947年发表的《什么是文学》是充分表明其文学评论立场的著作。王岳川认为,经过萨特在书中对文学介入说的系统化的论述,介入从单纯的哲学概念被纳入政治学范畴,继而将介入观念推入文学领域,实质上是将文学纳入哲学政治学范

畴进行考察。❶

《什么是文学》一书是萨特文学介入主张的集中体现。萨特通过四个文学命题，即"什么是写作""为什么写作""为谁而写作""1947年作家的处境"，反对"为艺术而艺术"，主张"为他人而艺术"。萨特认为，写作便是揭露，揭露带来变革，因而写作等同于介入。介入文学与自由关系密切：从写作动机看，写作是寻求自由的某种方式，是人们为了获得自由而为此所做的努力；从创作主体来看，写作是实现连接作家主体自由与读者主体的自由的一个桥梁，作家通过作品通往读者主体；从作品的鉴赏意义看，强调读者参与的重要性，读者参与是作品最后完成的重要条件，作家只有通过读者阅读感受才能完美地呈现作品的本质特色，进而使自己成为本质的存在；从文学价值看，创造属于自己的艺术世界并从中传达哲学思想和审美感受是作家的目的，这使存在主义文学总是通过主体心里的感受，去表现荒谬世界中个人的孤独失望、痛苦恐惧、烦闷恶心等情绪。❷

萨特本人也对当代社会政治抱有一种积极介入的姿态，用自己的一系列行动践行着自己的介入学说。20世纪30年代，他发起并参加了声援保卫西班牙的斗争。第二次世界大战期间，他应征入伍，但是惨遭被俘。获释后，他参与社会主义与自由抵抗运动。第二次世界大战后，他反对美国侵略印度、中国和朝鲜，反对法国在阿尔及利亚进行殖民战争，参加罗素组织的战犯审判法庭，并于1968年法国五月风暴时支持学生运动等。

那么，介入对于莫言与村上春树又意味着什么呢？

---

❶ 王岳川. 萨特存在论三阶段与文学介入说[J]. 社会科学，2008（6）：158-165.
❷ 艾珉选. 保罗·萨特. 萨特读本[M]. 北京：人民文学出版社，2012：345-357.

第四章 文学与"介入"——"介入"之于莫言与村上春树

## 二、"介入"之于莫言与村上春树

何言宏在其著作《介入与超越》中对 21 世纪以来的社会转型期的社会状况做了概括。

他指出，21 世纪以来，中国社会经历了相当剧烈的社会转型时期。这是继 20 世纪 80 年代和 20 世纪 90 年代以后中国的又一次大的转型。转型后的社会结构，是 20 世纪 80 年代和 20 世纪 90 年代所不具备的基本稳定的社会结构。转型后稳定的社会结构的一个特点便是，各就其位的不同的社会阶层安于各自的社会地位，承担着各自不同的命运，忍受着各自不同的痛苦、焦虑、欢乐与希望，也因此拥有不同于他人的生活方式与文化趣味。各个阶层边界森严，欠缺流动性，在如此僵化的阶层内部，不断地进行着各自阶层的再生产工作。❶ 何言宏认为，身处在这样的转型之中，对于作为一种特殊的社会实践的 21 世纪以来的中国文学的考察，对于相当特殊的社会群体——文学知识分子的评价，应该将重点放在形形色色的文学实践如何理解和处理他们与社会之间的关系上来。

也就是说，考察一位作家及其作品的社会性时，必须要和当时的时代背景联系起来。如果站在这样的立场上，从 21 世纪以来的中国社会与中国文学的关系角度来考察，在这一时期，很多作家由于社会转型的急剧深入及其所引发的社会分层和社会矛盾、社会问题而激发和形成了一种非常重要的精神品格，"这就是介入意识的自觉，这一时期不少作家也开始自觉地介入社会、承担起文学

---

❶ 何言宏. 介入与超越 [M]. 北京：中国书籍出版社，2014：3-4.

应有的使命。"❶ 作为一位 20 世纪 80 年代以后崛起的作家，莫言也毫不例外。

从 1988 年创作《天堂蒜薹之歌》的伊始，莫言就开始思索文学作品和政治、作家与政治的关系了。在这部小说的卷首语中，莫言写道："小说家总是想远离政治，小说却使自己逼近了政治。小说家总是想关心'人的命运'，却忘了关心自己的命运。这就是他们的悲剧所在。……我们必须要承认古今中外，那些积极干预社会、勇敢地介入政治的作品，以其强烈的批判精神和人性关怀，更能成为一个时代的鲜明的文学坐标，更能引起千百万人的强烈共鸣并发挥巨大的教化作用。文学的社会性和批判性是文学原本具有的品质。"❷ 莫言的这段话无疑是他对于这种关系深思的一种结果。从这段话可以看出，莫言在潜意识里已经具有了介入的自觉。作家在创作作品时，是不能逃避种种社会现实问题的，文学作品要干预社会、介入政治，才能更好地打动读者。莫言对于介入政治是持积极态度的，并且对它的作用给予了很高的评价。在这段宣言式的话语之后的 2006 年，莫言在大江文学研究会上指出，文学的本质是其社会性和批判性，并进而提出摆在我们面前亟待解决的一个课题是如何以文学的形式干预社会、介入政治。❸

在创作了《天堂蒜薹之歌》之后，莫言又推出了《酒国》这部将现实批判锋芒推向极致的小说。2006 年 11 月 19 日，在第七届深圳读书论坛上，莫言又一次谈到了文学与政治的关系。在这个演讲中，莫言对文学与政治做了比较理性的思考，并且谈到了文学如何干预社会、介入政治的问题。莫言提

---

❶ 何言宏. 介入与超越 [M]. 北京：中国书籍出版社，2014：5.
❷ 莫言. 用耳朵阅读：试论当代文学创作中的十大关系 [M]. 北京：作家出版社，2012：206.
❸ 莫言. 用耳朵阅读 [M]. 北京：作家出版社，2012：183-184.

## 第四章 文学与"介入"——"介入"之于莫言与村上春树

到,直接去描写当下的政治生活并非自己的本意,自己更喜欢从历史生活写起,更中意从当下生活着手,创作一些具有虚构性、象征性的作品。莫言随后又补充说:"当然我也知道,文学无法独立于政治之外。首先,作为一个作家,作为一个公民,不可能生活在月球上,你还是要生活在一定的国家,一定的社会环境里。作为一个人,你要受到生活环境的制约、受到这个社会的管理。你的个人生活不可能不和政治发生直接的或间接的关系。"也就是说,现实生活中的各种景象,往往会让我们无法克制对社会的不公平现象,对黑暗的政治发出猛烈的抨击。对此,莫言以自己缘何创作《天堂蒜薹之歌》为例,重申了干预政治、介入社会的必要性和重要性。既然作家在现实面前无法遁逃,那么是否就要直接干预政治、描写政治生活来对政治进行尖锐的批评呢?莫言给出的答案是否定的。

莫言主张"小说是艺术,它应该不负载新闻通信的功能,它也不应该变成报道事件的报告。小说还是应该虚构,应该跟现实生活保持着一定的距离,具有象征性,能够深刻地阐释人的情感奥秘和人的本质。"[1]最后,莫言主张作家在处理文学与政治的关系时,再次强调:"即使要介入社会现实,作家还是要有技巧性地去描写政治,而不是直接描写政治事件。真正的文学作品,应该具有象征化的事件和典型化的人物。而单纯罗列政治内容的作品很快就会被历史所淘汰。"可见,随着写作实践的不断进行,莫言对于文学与政治的思考在不断加深和扩展。莫言在尊重小说这种艺术形式的本质的基础上,并且理性、客观地分析了文学与政治的关系。针对自己一直在思考的、悬而未决

---

[1] 莫言. 用耳朵阅读:试论当代文学创作中的十大关系 [M]. 北京:作家出版社,2012:208.

的如何以文学的形式干预社会、介入政治的问题，也就是文学干预社会、介入政治的途径和方法，他给出了自己的答案。我们不能主观地判定这个答案的优劣，以及是否可行，他是莫言20年不断创作的一种心得与成果。正是在这样想法的指引下，莫言独辟蹊径，形成了自己的作品特色。正如诺贝尔文学奖评审委员给莫言的授奖词中所写，"莫言是个诗人，他扯下程式化的宣传画，使个人从茫茫无名大众中突出出来。他用嘲笑和讽刺的笔触，攻击历史和谬误及贫乏和政治虚伪。他有技巧地揭露了人类最阴暗的一面，在不经意间给象征赋予了形象。"❶ 可以说，授奖词中的评价与莫言对于介入现实社会的主张和理念是不谋而合的，都强调了介入的技巧性问题，并且对莫言的介入给予了肯定的评判。

与莫言相比，介入对于村上意味着什么呢？村上春树对于介入又是什么样的态度呢？

介入之于村上春树，最早出现在与心理学家河合隼雄的对谈中。❷ 什么是介入？村上说："我觉得介入就是人与人之间的关联。但它非常吸引我的并不是像平常人们说的那样'我明白你的意思，来，我们牵手吧'，而是那种在'井'中一直挖啊挖，打通原来根本无法逾越的厚壁而实现彼此相连的介入方式。"❸

---

❶ 陈文芬. 莫言在斯德哥尔摩——诺奖日记 [J]. 上海文学，2013（3）: 6.
❷ 长期旅居国外的村上于1991年开始了美国的旅居生活。在美国4年半的时间里，村上春树完成了他的长篇小说《奇鸟行状录》，听闻日本的奥姆真理教的地铁沙林事件和阪神大地震之后，遂在1995年年底回到日本。这次对谈时间是1995年11月，村上刚刚从美国回到日本。这次对谈收录在岩波书店1996年发行的单行本『村上春樹、河合隼雄に会いにいく』这本书中，后新潮社于1998发行了同名的文库本，中文译本为《村上春树去见河合隼雄》。本文译文均为作者自己翻译。
❸ 河合隼雄，村上春樹. 村上春樹、河合隼雄に会いにいく [M]. 東京：岩波書店，1996: 2.

## 第四章 文学与"介入"——"介入"之于莫言与村上春树

通过对谈，我们可以更加深入了解和挖掘村上春树从"不介入""不干预"到"介入""干预"的心路历程。对谈的一开始，两人就谈到了介入这件事。日文原文来自英文的"commit"，为动词。日语通常使用名词的说法为"コミットメント"，是外来语，也是源自英文的"commitment"。

与莫言不同的是，由于本身的性格和其他的原因，村上在创作小说之初，并未想介入这回事，反而倒是让人感觉是在有意回避干预现实。

正如村上自己所说："原先在日本的时候，特别想成为一个没有羁绊的'个人'，也就是特别想逃离社会、组织、集体和规则这一类的东西。大学毕业后不进公司工作，就一个人写写东西过日子。文坛一类的地方也感觉烦人，待不下去，结果就是一个人写小说"。❶ 的确，"两耳不闻窗外事"的村上春树大学毕业之后并未成为一个朝九晚五的上班族（确切地说，他没有完全毕业），而是决定自己开酒吧。如此这般，待深夜酒吧打烊后，他就在酒吧的厨房伏案写作。1978年，他的第一部作品《且听风吟》获得日本群像新人奖。1987年，他的第五部长篇小说《挪威的森林》曾引起了"村上现象"。其早期的作品以青春文学为主，鲜有介入现实的笔墨。成名后的村上极少接受媒体的采访，出现在公众面前的次数也少之又少。村上春树的作品在日本的畅销，很大程度上依赖于他的"去日本化"。刻意远离日本本土和本国精神，最终导致了他现实中的出走。因而，在谈到有关介入的问题时，村上自己也承认说："我在成为小说家的最初阶段，之所以曾主要去关注超然，如今想来，并非单纯为了表达类似'沟通之缺失'语境中的'介入之缺位'，而是试图通过对个人化超然的追求，拂去各

---

❶ 河合隼雄，村上春樹. 村上春樹、河合隼雄に会いにいく[M]. 東京：岩波書店，1996：1.

种外部价值（尽管其中也有很多被认为是'小说的价值'的内容），然后明确地找到属于自己的位置，当初可能就是这么打算的吧。"❶村上春树的这段内心独白式的自述，将初涉文学创作的村上春树的那个阶段的心理表露无遗。由此可知，在村上早期开始创作时，他宁愿固守着自己的小天地，不要说是干预政治、介入社会，连"人与人之间的干预"都很少涉及。

然而，旅居国外的村上得知了震惊世界的阪神大地震和奥姆真理教制造的"地铁沙林事件"，尤其是日本政府在地震中令人难以置信的薄弱的危机处理能力，以及被地铁沙林事件撼动的岌岌可危的日本人的精神底盘时，村上不得不开始关注介入这件事。这也是村上从虚构文学转向纪实文学《地下》及《地下2：在约定的场所》的缘由。与莫言相同的是，如何介入，介入什么，也是村上一直在考虑的问题。而且对于亲身经历了1968—1969年的学生运动❷的村上春树本人而言，更加要思考这个问题。村上在与河合隼雄的谈话中讲到，自己在美国的时候，时刻在思索介入的内容和介入的方式。回到日本之后，这些问题依然是他思考的重点。"在美国的时候，有关介入什么，接下来应该怎么做的问题，没少让我费心思。但是一回到日本，还是搞不清楚到底要介入什么。这真的是一个大问题。仔细想想，在我们这里是不是根本不存在什么介入的规则呢？"❸

那么在村上看来，介入都包括哪些内容呢？

首先，吸引村上注意力的是"人与人之间的关联"。尽管在之前的作品中

---

❶ 河合隼雄，村上春樹. 村上春樹、河合隼雄に会いにいく[M]. 東京：岩波書店，1996：12-15.
❷ 东京大学事件，日语为"東大紛争"。当时，东京大学半数以上学生参与了这次运动，并构成了日本全国学生运动的一个重要组成部分。
❸ 河合隼雄，村上春樹. 村上春樹、河合隼雄に会いにいく[M]. 東京：岩波書店，1996：5.

## 第四章 文学与"介入"——"介入"之于莫言与村上春树

村上最关注的是人与人之间的互不干预的关系,尤其是日本 1995 年发生了奥姆真理事件和阪神大地震之后,村上认为这是由于人与人之间的互不干预而导致的惨剧。通过阪神大地震震后心灵创伤的干预这一实例,村上认为有意识地架设人与人之间交流和沟通的渠道,打通人与人之间交流的通道,可以完成疗愈他人和自我治愈。因此,对于村上本人而言,写作被看作自己与外界相互关联的一个最好的方式,也是一种自我治愈的方式。然而,在创作的最初阶段,村上发现要实现介入并非易事。

村上试图改变日本传统小说的文体,创造出独具特色的文体,以此来使自己的文章实现介入。然而,村上自己意识到仅仅依靠这点是远远不够的。因此,村上讲到"就把那些个不介入不和谐的部分慢慢置换成了'物语(故事)'"。❶

在与河合隼雄对谈的第一夜的第九个小节"自我治疗与小说"中,村上认为,在没有找到"物语"这个强大的武器之前,自己最初创作的小说只是简单地罗列"格言警句、分离",然后发展到对于无意识间产生的物语的述说阶段,如《寻羊冒险记》《世界尽头与冷酷仙境》,还有接下来的《挪威的森林》。而让村上真正明白物语的真正意义的作品,当数《奇鸟行状录》了。其原因在于,从这部作品开始,村上开始思考并且寻找"介入——人与人之间的关联"在现实世界、实际生活中会给自己带来什么。可见,村上由此开始逐步加深对于介入方式的清醒认识。他意识到,与过去自己注重的文体相较而言,物语所承载的内容更为庞大、有力,对抗"高墙"也更为行之有效。简而言之,他更坚信了物语的力量。❷ 也就是说,从这部作品开始,介入对

---

❶ 河合隼雄,村上春樹. 村上春樹、河合隼雄に会いにいく[M]. 東京:岩波書店,1996:50.
❷ 村上春树. 地下[M]. 林少华,译. 上海:上海译文出版社,2011:10.

于村上的意义被扩展了,从单纯地对人与人之间关系的干预延伸至历史问题和社会现实之中去。日本评论家黑古一夫也在著作中肯定了村上的这种转变,他写道:"村上春树所有作品中篇幅最长的这部《奇鸟行状录》,为何堪称一部具有划时代意义的作品呢?原因是在这部长篇小说中,村上春树第一次开始面对'历史(战争)'这一棘手问题,并且试图通过面对历史去思考生活于现在的意义所在。"❶

## 第二节 莫言与村上春树作品中的"介入"

通过梳理莫言与村上春树眼中的介入的内涵、意义及途径,可以发现对于两位作家而言,介入现实的内容和意义不尽相同。莫言与村上春树在作品中都用自己的方式对"恶"加以描述。社会的腐败与黑暗、人性的自私与残暴都在作品中得到了全面的展示,甚至是浓墨重彩的渲染。作品中反映的"恶"在使我们诧异、沮丧、绝望的同时,又促使我们反思导致种种"恶"的社会和体制源头,并进而审视我们自身。

## 一、社会之"恶"

提到社会之恶,莫言的作品《天堂蒜薹之歌》是绝对绕不开的一部作品。在 2012 年 10 月 1 日上海文艺出版社出版的《天堂蒜薹之歌》的扉页上,这部

---

❶ 黑古一夫. 村上春树:转换中的迷失[M]. 秦刚,译. 北京:中国广播电视出版社,2008:134.

## 第四章 文学与"介入"——"介入"之于莫言与村上春树

作品被定位为"一部体现中国作家良知、反映弱势群体生存状态的力作"。小说取材于一个现实生活中发生的真实事件：1987年，山东苍山县数千农民在县政府的号召下大量种植蒜薹，结果蒜薹大丰收，导致产量过剩全部滞销时，县政府官员充耳不闻，迟迟拿不出应对的措施。忧心如焚的农民愤怒了，自发聚集起来，冲进县政府，酿成了震惊一时的"蒜薹事件"。

得知这一消息之后，莫言搁置了《红高粱》续集的写作，用了短短35天的时间创作了《天堂蒜薹之歌》——这部为农民"鸣不平的急就章"。社会之"恶"首先表现为个别地方政府官僚主义的危害。

高马是官僚主义的一个直接受害者，在《天堂蒜薹之歌》中被塑造成一个具有反叛性格的反叛者的形象。高马作为一名复员军人，他手脖子上戴的是村里人没有的"上海产宝石花牌手表"，他听的是让村里人羡慕地带着耳机的袖珍录音机，他在部队里接收到了先进的思想，但又是一个有主见的、具有自觉反抗精神的人。在部队的时候，他就受到过权力和体制的压制，当金菊告诉高马村里人散播他流言蜚语的时候，高马苦笑一声，反驳道："不是团长的老婆，是团长的小姨子，不过我可不爱她。我恨她，恨她们。"高马在部队的时候，并不喜欢团长的小姨子，但是功利心让高马假意和她好，然而后来却被团长识破，回到了家乡。因此，在高马的潜意识里就有了对抗权力的念头，并且顶着强大的压力去追求已经被父母强制给自己哥哥换亲的金菊。在遭到金菊家强烈反对之后，他竟然带着金菊私奔。高马曾尝试着用婚姻自由的法律来与金菊的父母和兄弟理论，也企图用自己学过的先进知识来感化他们，但是最后还是没有逃脱愚昧的牢笼，甚至被他们同化直至向命运低头，最终只能以买卖的形式来赎回已经怀有身孕的爱人。愚昧落后的观念固然是高马悲剧的一个原因，但是还有一个原因不容忽视，那就是某些干部的徇私枉法。高马到金菊家，准备拿起法律这个强大的武器与金菊的家人理论时，挨了金菊的家人一顿打骂。第二天，高马到了乡政府，找到乡政府的民政助理员时，由于这位杨助理员是金菊未来的小姑子的女婿的远房舅舅，这位乡政府的国家干部崇尚"是亲三分向"，硬生生地将去告状的高马打发走人。

小说中的另一位主要人物四婶和她的丈夫的悲惨结局，也与这位国家干部有关系。四婶的丈夫，也就是金菊的父亲四叔，在外出卖蒜薹时，被乡政府王安书记的小汽车意外轧死。事故的责任是由于开车的司机酒后驾车酿成的，但是因为开车的司机是王安老婆的叔兄弟，书记却不亲自出面解决，而是又派了这个八舅杨助理员来打圆场。

  "杨助理员挤着眼说：'老二，虽然你妹妹跟人跑了，你家毁了婚约，把俺那可怜的外甥给折磨成疯症，整天不是哭就是笑，可咱到底也算是亲戚了一场，这也叫买卖不成仁义在。不是我批评你，刚才你这些话欠考虑！王书记不是司机，他怎么能轧死你爹？司机轧死了你爹，他犯法，法院自有公论。你们把尸体抬到乡里，招来千万的人，干扰乡里工作，乡虽然小，但也是一级政府。干扰乡里工作，就是干扰政府的工作，干扰政府工作就是犯罪。本来你有理，这一闹，你反而没理了，对不对？'" ❶

这个杨助理员可谓是巧舌如簧，苦口婆心、恩威并施地与方家人谈话，表面上看似是为了方家一家着想，实则是为书记掩盖罪行。四婶一家碍于权

---

❶ 莫言. 天堂蒜薹之歌[M]. 北京：作家出版社，2012：267.

## 第四章 文学与"介入"——"介入"之于莫言与村上春树

势,只得忍气吞声,将四叔火化了事,一条人命加一辆驴车,得到了王书记三千五百块钱的赔偿。

除了《天堂蒜薹之歌》,官僚主义与政府的腐败作风在《酒国》中也表现得淋漓尽致。在酒国,公理与正义荡然无存,如金刚钻擅长饮酒可以在官场平步青云、飞黄腾达,甚至翻手为云,覆手为雨;如余一尺,信奉"酒是国家机器的润滑剂",创立一尺酒店,为所欲为。这里充满了恐怖和荒诞,同时也充斥着权力和欲望。酒国的官员与商人互相勾结,利用食与色交换获取自己的权力。

村上春树作品中也触及了社会体制的"恶"。在《奇鸟行状录》中,除了对暴力的深挖,村上春树还塑造了一个社会之"恶"的代表人物——绵谷升。与暴力性的邪恶相比较,绵谷升所反映出的日本社会及体制之"恶"更加令人触目惊心。"绵谷升堪称头脑敏捷的变色龙,根据对手颜色改变自身颜色,随时随地炮制出行之有效的逻辑,并为此动员所有的修辞手段。"❶ 就是这样一个手段卑劣、华而不实的利己主义者,却是一位出了一本厚厚的经济学专著的学者。此外,他最擅长利用电视来表现自己,而且在与对方辩论时,总是能控制住场面的节奏,通过空洞无物的伪装的逻辑来调动观众的情绪。就是这样一个人,"以莫名其妙的手段害死了还是小学生的妹妹,即久美子的姐姐,用蹊跷不已的方式彻底玷污了加纳克里他,又以不明所以的招数将久美子从主人公手里夺走据为己有"。❷ 更为可怕的是,这种邪恶的人物当上了国会议员,成了政治家。其政治目标是"要使日本摆脱当今的政治边缘状态,将其提升到堪称

---

❶ 村上春树. 奇鸟行状录[M]. 林少华, 译. 上海:译文出版社, 2012:88.
❷ 村上春树. 奇鸟行状录[M]. 林少华, 译. 上海:译文出版社, 2012:9.

政治及文化楷模的地位"。绵谷升的种种行径与现实中日本的政界有很多相似之处。尽管日本国家体制是民主国家,然而作为一个等级观念根深蒂固的社会,弱肉强食是在所难免,如果不使用手段或者无所不用其极,是无法在社会上生存下去的。这是对于包括政界、财界、媒体等在内的日本现实社会的象征性的揭露和谴责。

## 二、人性之"恶"

人性之"恶"是莫言与村上春树在作品中表达的另外一种"恶"。两位作家首先将人性之"恶"表现为人性中的残暴。莫言与村上春树作品中的"剥皮场面"是其集中表现。"剥皮"这一行为原本用于动物最多。《红高粱》中给罗汉大爷实施剥皮行为的是高密东北乡有名的屠户孙五。又如《奇鸟行状录》中的鲍里斯说,"牧民养羊,吃羊肉,剪羊毛,剥羊皮"。❶ 在小说的后半部分,日本军人撤退前将动物射杀,不知该如何处理动物尸体的时候,中国杂役请求说:"只是我们想要动物皮毛和肉,尤其大家想得到熊肉。熊肉和老虎能取药,值好几个钱。现在倒是晚了,其实很希望只打脑袋来着,那样皮毛也会卖上好价钱,外行人才那么干。"❷ 古今中外,剥皮实施的目标从来都是动物。而莫言与村上春树将剥皮行为的对象换成了人,而实施剥皮行为的缘由也是因为战争,即人与人之间统治与被统治,支配与被支配的抗衡。人性中血腥和残暴的一面,以及人性中的黑暗被暴露无遗。

---

❶ 村上春树. 奇鸟行状录 [M]. 林少华, 译. 上海:上海译文出版社, 2012: 178.
❷ 村上春树. 奇鸟行状录 [M]. 林少华, 译. 上海:上海译文出版社, 2012: 486.

## 第四章 文学与"介入"——"介入"之于莫言与村上春树

除了剥皮的场面,莫言作品中有很多儿童行为残暴。例如,《生蹼的祖先们》中,主人公的儿子不满三岁,行为却比大人还要残酷。他将小鸡摔死,并对小鸡施以五马分尸的酷刑,"小鸡的五脏六腑流出来,热乎乎的腥味隔着老远就能闻到"。❶ 把蚯蚓用玻璃片拦腰截断,将三只羊羔活活咬死,甚至咬破了"我"侄儿的"小鸡子"。还有《二姑随后就到》中的天和地为了给自己母亲报仇,将自己的亲大爷爷的头割下来放在桥头示众,又百般折磨大奶奶,甚至逼迫路人对她实施凌迟的酷刑。路人不从,便将其射杀。随后,又将七奶奶的手脚砍下,将她折磨致死。七爷爷则被天和地活埋。这些行为可以用"狠毒"来形容,而令人深思的是莫言都让未成年的,甚至是三岁孩子担当这些行为施行者。人性之恶呼之欲出。

村上春树也通过其他作品凸显了人性的残暴与丑陋。《天黑之后》便是这样一部力作。骑摩托车的黑衣人自然是恶的代表之一,而最能体现人性之恶的当数白川这个人物。表面上看,他和普通的公司职员并没有什么不同。然而,就是这样一个人,却因为情爱旅馆中的女孩突然来了月经无法给自己提供服务,就对女孩施加暴力,并且为了防止女孩报警,将女孩的衣服及随身物品一起拿走。更可怕的是,白川对自己的行为没有丝毫的愧疚之情,甚至认为自己的行为合情合理、理所当然。这种本性中的恶被刻画得入木三分。

在"人之初,性本善"的东方文化中,人性有善的一面,也有恶的一方,因此既有作家在作品中探寻人性善的一面,也有作家发掘人性之恶。莫言与村上春树显然是偏重于对人性之恶的挖掘与批判。

---

❶ 莫言. 莫言文集:食草家族[M]. 北京:作家出版社,2012:153.

## 第三节　对莫言与村上春树作品中文学性与"介入"关系的思考

通过对文学与政治关系的理性思考，莫言仅仅依靠一张《大众日报》的报道和评论文章，在没有减弱对于现实批评力度的基础上，将真实事件发生的场景移植到自己所熟悉的村庄；将事件中的人物改头换面为自己所熟悉的人物；在作品中尝试使用多种叙述技巧，巧妙地拿捏着文学与政治的平衡，实现了个人命运与社会现实的完美结合。

《天堂蒜薹之歌》虽是一部以生活中发生的真实事件为原型的、带有强烈批判现实意味的小说，但是莫言并没有用简单的纪实文学来表现小说的主题，而是将自己所熟悉的人和地方移植到故事中，进行加工创作，塑造了很多有性格、有血有肉的人物，说教意味十分淡薄。除了《天堂蒜薹之歌》这部作品，《酒国》也是一部践行莫言干预现实、介入政治理念的一部力作。在《酒国》这部小说里，也有对政治的尖锐的批评，表现了莫言对腐败现象的深恶痛绝。这部作品没有用写实的方式来写，没有写成一篇纪实文章，而是采用了将故事寓言化的技巧，将其当成一种象征来写。

而与莫言通过文学作品一以贯之的成功实现介入社会现实相比，村上春树对于社会现实的介入则是一定层面上的介入。对于村上春树从超然进入了介入这个问题，学者们都表达了肯定的看法。然而，关于村上春树是否真正实现了介入社会现实的目的这一问题，人们则莫衷一是。在这个问题上，笔者赞同高宁教授的看法：村上春树作品介入社会与现实这一事实是毋庸置疑的，而对于

## 第四章 文学与"介入"——"介入"之于莫言与村上春树

村上春树介入社会现实的结果,不应笼统地以"是"或者"否"妄下论断,而应该探讨的是村上春树的介入到达了哪个层次。或者说,在哪些层面上村上春树介入了社会现实。❶

从《寻羊冒险记》开始,村上开始关注暴力,并触及日本侵略亚洲其他民族那段让人们时刻牢记的历史;在《奇鸟行状录》中对战争残酷场面的描述,将这一主题继续延伸,对于包括政界、财界、媒体和官僚等在内的日本现实社会的象征性的揭露和谴责;《海边的卡夫卡》也对战争和对日本政界持批判的态度。《1Q84》中对于宗教之恶、社会之恶和人性之恶的追索及叩问,也显示了村上介入的社会现实。可以说,村上是日本作家中极少数对军国主义表现出来的极权主义造成的暴力与邪恶表明批判态度的作家之一。这也表明村上春树所重视的对于个人尊严和自由的尊重。

与此同时,本来是在阪神大地震和奥姆真理教制造的地铁沙林事件的撼动下而创作的《1Q84》,被学者广泛认为是一部介入社会的失败之作。例如,筑波大学黑古一夫从比较文学的角度,认为《1Q84》中的娱乐性冲淡了宗教组织"先驱"对于奥姆真理教的隐喻作用,使这部原本立足于现实的小说远离了现实主义小说的行列。❷ 林少华认为,《1Q84》也并没有达到现实批判的力度,其社会价值远远不及之前的《天黑以后》《海边的卡夫卡》《寻羊冒险记》,原因在于村上春树消解了善与恶的二元对立,模糊了善与恶的界限。❸

---

❶ 笔者根据 2014 年 10 月 18 日在大连外国语大学召开的"莫言与村上春树比较研究"国际学术研讨会上高宁教授讨论发言整理而成。

❷ 黑古一夫. 何为文学表现中的"介入"——村上春树《1Q84》与莫言《蛙》的区别[J]. 东北亚外语研究,2014(3):15-18.

❸ 林少华. 1Q84:当代"罗生门"及意义[J]. 外国文学评论,2010(2):123.

之所以会出现如此不同的结果，究其原因，笔者认为有以下两点。

首先，莫言与村上春树对于介入本质的认识不同。如本章第二节所述，莫言在创作的最初就对文学与介入的关系进行了理性的思考。他通过实践，正确处理了文学与介入的辩证关系，并没有因为注重文学性而忽略了批判现实的力度，也没有因为揭露现实黑暗而丢弃文学的艺术性。而村上春树对于介入的最初认识是"人与人之间的关联"，并没有明确"介入社会、参与社会"的含义。尽管村上春树随后找到了"物语"这一武器来实现介入社会之目的，然而对于物语的认识偏差减弱了介入的力度。村上春树之所以采用物语这一形式，还是源于他介入的初衷——人与人之间的关联。他通过构筑物语打破了阻隔人与人交往的壁垒，了解他人的所思所想。但介入社会进而了解国家不是村上主要的目的，如果能实现当然更好，即使没有，村上也不会因为此而改变最初的动机。

其次，莫言与村上春树对于善恶的看法不同。莫言在2012年上海文艺出版社出版的《天堂蒜薹之歌》的序言中谈到了悲悯情怀。莫言认为，真正的悲悯既要描写别人留给自己的伤痕，也要描写自己带给别人的伤害；既要揭示别人心中的恶，也要袒露自我心中的恶。"只有正视人类之恶，只有认识到自我之丑，只有描写了人类不可克服的弱点和病态人格导致的悲惨命运，才是真正的悲剧，才可能具有'拷问灵魂'的深度和力度，才是真正的大悲悯"。[1]而《天堂蒜薹之歌》无疑是这样一部揭露真正丑恶，深入并直达人内心深处的作品。某些机关效率低下，充斥着官僚主义，对农民利益漠不关心；个别村里的干部们、乡镇和县里的个别干部腐败，一心只想着自己腰包里的钱；农民生活艰难困苦，

---

[1] 莫言. 天堂蒜薹之歌 [M]. 上海：上海文艺出版社，2012：7.

## 第四章 文学与"介入"——"介入"之于莫言与村上春树

农民自身头脑里面还残存着大量的封建意识，许许多多黑暗落后的现象在农村随处可见……对于这些主题的深挖，真正体现了莫言对于恶的深入理解。莫言曾经说过："我写的时候就感觉到我就是这样一群人当中的一分子，我没有想到我是一个作家，当然我也没有想到我要替老百姓呼吁和说话。在写作过程当中，我自己不自觉地进去了，成了小说中的人物。"❶ 而这段话也恰好印证了莫言所提出的"作为老百姓写作"的内涵。尽管莫言参军后从乡村进入都市，身份也从农民转变为军人、城市市民进而成为作家，或者说知识分子，然而莫言仍然没有改变初衷，最终还是选择了以"老百姓"作为自我文化身份的指称。这无疑是自我认同的有意的选择与构建。❷ 尽管生活在城市里，但是莫言自己承认自己本质上还是一个农民，身上流淌着的还是农民的血液。农村的一切、农民的一切，都与他息息相关。毫无疑问，莫言是站在农民的立场上来创作的，莫言的感情砝码是放到农民这边的。

可见，以"作为老百姓"进行创作的莫言对于现实之黑暗、人性之丑陋的认识是十分清楚的。

与莫言相比较，村上春树则选择了一个中间地带。他认为善恶并不是对立的，善与恶是可以相互转化的。在《1Q84》中，村上春树借邪教组织"先驱"的教主之口，表达了自己对于善与恶的看法。

> "世上既无绝对的善，也无绝对的恶。善恶不是静止的、固定的，而是不断变换场所和立场的东西。善在下一瞬间就可能转化为恶，反之亦然。

---

❶ 莫言. 莫言文集：用耳朵阅读 [M]. 北京：作家出版社，2012：210.
❷ 于红珍. 莫言的自我身份认同——"作为老百姓"的一种解读 [J]. 理论学刊，2014（3）：123-126.

陀思妥耶夫斯基在《卡拉马佐夫兄弟》中描绘的也是这样的世界形态，重要的是保持善恶之间的平衡。过于倾斜一方就很难维持现实道德。是的，平衡本身即是善。为了保持平衡，我必须死去也是出于这个意义。"❶

正因为如此，村上春树并没有真正清楚自己介入的对象与目的，村上春树在接受《每日新闻》采访时，当记者问及"小小人"这一存在时，他说道："至于'小小人'是怎样的东西，是善是恶，那我是不清楚的。不过，在某种情况下，它或许是制造恶之物语的存在。我认为，住在深山里的'小小人'是超越善恶的，但如果走出深山而同人们发生关联，有时候就会因此具有负面能量。"❷

试想，无法辨明善与恶，何以真正实现介入。村上春树对于现实的介入力度之所以大打折扣，也就不难理解了。

---

❶ 村上春树. 1Q84 [M]. 東京：新潮社，2009：244-245.
❷ 村上春樹.『1Q84』を語る [N]. 毎日新闻，2009-09-17.

# 第五章　解读生存与死亡——莫言与村上春树生死观探寻

在谈到作品贴近生活和超越生活的关系时，莫言曾说道："要使小说不仅仅能够在当今具有阅读价值，而且更应该使它具有久远的阅读价值。也就是说，要强调文学的艺术性，淡化文学的政治性；要关注当下的社会问题，更要关注永恒问题。什么是永恒问题？那就是人的问题，生存、死亡，我们从哪里来，我们到哪里去。"[1] 生存与死亡作为小说的永恒主题之一，可以使作品贴近生活，更可以超越生活。而莫言与村上春树无一例外地都在自己的作品中关注了生与死这个永恒的主题。

何谓生死观？简单地说，就是指人们如何看待生命与死亡，即人们对于生与死的根本看法和态度。它所涉及的问题包括人们如何看待生命、人活着的意义，以及如何对待生命进程中必定会降临的死亡等一系列问题。

---

[1] 莫言. 莫言文集：用耳朵阅读[M]. 北京：作家出版社，2012：212.

那么生长在高密东北乡的莫言与身处岛国日本的村上，他们对于生与死的看法都有哪些异同呢？换言之，他们的生死观是怎样的？这样的生死观又是如何体现在作品中的呢？本章将主要探讨这些问题。

# 第一节　莫言与村上春树作品中的死亡

人的一生要面对很多死亡，人的一生也终究要迎接死亡。尽管人们不愿意提及死亡，死亡总是会在不经意间出现在我们面前。莫言与村上春树也在作品中以自己独特的方式，将死亡推到我们眼前，唤醒人们的死亡意识，逼迫我们直面死亡、思考死亡。

## 一、层出不穷的死亡事件

莫言与村上春树作品中的死亡事件层出不穷。

莫言绝大多数的作品中都涉及死亡。要么有人死于非命、要么有人无辜被害抑或自寻短见，每种死亡都触目惊心。通过对先行研究的梳理，鲜有文献对莫言作品的死分门别类。的确，要给莫言作品中的死亡归类实在是一件困难的事情。只有温伟在将莫言与福克纳的死亡主题进行比较研究时，以死亡事件中死者为依据，将莫言作品中的死亡做了如下归纳。他认为大致有三类死者，第一类死者是完全的无辜者。例如，"我奶奶"的死完全是无辜的。"我奶奶"本来是在去给抗日队伍送饭的路上，结果被日本鬼子无故射杀。第二类死者并非完全无辜，按照

## 第五章 解读生存与死亡——莫言与村上春树生死观探寻

他们当时所处社会的律法,他们都是死有余辜。例如,小虫子偷卖了皇帝的鸟枪,犯了盗窃罪;钱雄飞是谋刺上司,犯了谋杀罪;孙丙是聚众造反,对抗官府,犯了叛乱罪;司马库与新政权为敌,犯了当时的所谓"反革命罪",按律都应该被治罪。第三类死者往往是遭遇意外而死亡,《酒国》中失足掉进粪坑淹死的丁钩儿,《天堂蒜薹之歌》中夜晚赶着牛车被汽车撞死的方四叔,《老枪》中被自己的枪走火打死的大锁。三种死者显现出了不同的死亡事件。❶

在此,作为补充,笔者想通过死亡时的氛围或者说死亡给人的感受来描述一下莫言作品中的死亡事件,以期更好地和更全面地理解莫言作品中的死亡主题。

莫言作品中的第一种死亡可以用悲壮来概括。这种类型的死亡事件当数《红高粱》中众多抗击外敌入侵的勇士和乡亲。余占鳌就不用说了,死得悲壮;而罗汉重情重义,因为日军拉走的黑骡是主人家的财产,为了帮主人家出气,他趁夜深,用铁锹铲伤骡马的腿,却硬生生被日本人剥皮零割示众。罗汉无惧色,骂不绝口,至死方休。还有余占鳌队伍中的哑巴这个人物形象,他没有普通人那样健全,然而他的英勇一般人不可比拟。除了《红高粱》,整部《红高粱家族》中收录的作品无一不弥漫着悲壮之情。除了刚刚提到的诸多人物,如序言中所说的,故乡无边无际的通红的高粱地里游荡着无数的英雄和冤魂,他们的死都是那么荡气回肠。莫言长篇小说中与死亡息息相关的还有《檀香刑》。小说中的人物孙丙的死堪称悲壮至极。他因家人被德军所杀愤以加入义和团,被抓后施以檀香刑。孙丙是个极其普通的人,平生的爱好就是喝点儿酒,逛窑子;对人仗义,算是条汉子。他唯一的成就便是将"猫腔"进行改革发展,在曲艺上有

---

❶ 温伟. 论莫言与福克纳的死亡主题小说 [J]. 名作欣赏,2007(2):127-128.

所建树。只因德国鬼子侮辱了他续弦的老婆，气血方刚的孙丙将鬼子杀之而后快，自此被逼上了一条"造反"的不归路。本来在他被关押时，有一个相貌相似的人替他受死的机会，他也可以免去惩罚，但他没有接受。最后，当他被施以檀香刑时，他很长一段时间并未出声叫痛，这让赵甲及旁人很是佩服。行刑之后的前4天，他还又唱猫腔又骂人，对延命的参汤也是来者不拒。这些行为似乎是有意想让人瞧瞧他这血性汉子，让德国鬼子们知道自己不怕这个。直到第4日夜里，他才意识到自己这样根本是徒劳无功，达不到什么效果，只能是遂了鬼子的愿，而自己徒增痛苦而已。这种死亡是自己生命即将被终结时的那种毫不畏惧，悲惨中带着些许凄凉，让人不禁为之动容。

第二种死亡可以说是沉重的死亡。《枯河》中小虎的死让我们感到窒息。尽管小虎的死亡是自己选择的结果，但我们可以看到，促使小虎选择死亡的原因则是来自家人的毒打和辱骂。而遭到自己父母和哥哥的辱骂和毒打的原因，仅仅是自己贪玩致使书记家的女儿小珍受伤。因为小虎家里成分不好，此刻小虎闯的祸对于他家人来说无异于晴天霹雳。因此，为了自己的前程，本来今年有希望去报名参军的哥哥，愤怒地对母亲说："砸死他算了，留着也是祸害。"母亲则是用戴着铜顶针的手狠狠地抽到他的耳门子上。父亲也拿着沾了盐水的绳子连续抽了小虎四十绳子。小说的结尾当人们找到小虎时，小虎已经死去。而他的父母"目光呆滞，犹如鱼类的眼睛……百姓们面如荒凉的沙漠……"❶在那样被扭曲的年代里，人们已经失去了爱的能力，没有了恨的念头，甚至连语言能力都丧失殆尽。小虎的死折射出了人性的丑陋和愚昧。

---

❶ 莫言. 莫言文集：白狗秋千架[M]. 北京：作家出版社，2012：203.

第五章　解读生存与死亡——莫言与村上春树生死观探寻

还有《天堂蒜薹之歌》中金菊的死是让人感觉心情十分沉重的死亡。金菊命运坎坷，先是被当作物品一样，通过"三换亲"给自己四十岁的大哥换一个媳妇。当她爱上高马，打算为自己活一回的时候，却受到家人的指责和社会的不接受。当自己感到未来十分渺茫时，她只能以自杀的方式来逃避这个世界，而且金菊至死都没有让自己的孩子来到人间。在上吊之前，小说中有一段金菊与未出世的孩子的对话。金菊用自己的亲身体验向孩子诉说了人世间的一切苦难。诚然，一个未出世的孩子是无法说出这些话的，所以这个对话可以理解为金菊潜意识中的一个想象。更加让人心痛的是，金菊在死后也没有找到梦寐以求的归宿。方家兄弟对钱财的贪婪，在阴间又给金菊揽了一门婚事，给她举行了阴婚。金菊的死让人对她的凄惨境遇唏嘘不已。在同一作品中，还有一个人的死让人沉重到有窒息的感觉，这便是民间艺人张扣的死。由于张扣刚正不阿、不畏权贵，导致他最后的惨死。在天堂县蒜薹事件发生之前，张扣就揭露了多种苛捐杂税对老百姓的盘剥。《天堂蒜薹之歌》的第三章的起始，节选了1987年5月张扣在县城青石大街上演唱歌谣的片段："乡亲们种蒜薹发家致富，惹恼了一大群红眼虎狼，收税的派捐的成群结队，欺压得众百姓哭爹叫娘。"❶蒜薹案件结案之后，张扣依然将自己的生死置之度外，高唱蒜薹之歌，不断为冤屈的人们伸张正义。然而，张扣最后还是没有能够逃脱死亡的厄运。"第二天早晨，人们在斜桥上发现了张扣的尸体。他侧着身子卧在泥泞中，嘴巴里塞满烂泥。在他的脑袋旁边，还横卧着一只没头的猫尸。"❷更具有讽刺意味的是，张扣死后是被一群小偷、乞丐、下三烂埋葬。

❶　莫言. 莫言文集：天堂蒜薹之歌[M]. 北京：作家出版社，2012：41.
❷　莫言. 莫言文集：天堂蒜薹之歌[M]. 北京：作家出版社，2012：351.

而且，张扣的死也并没有引起人们更多的良知，连张扣的徒弟都是明哲保身，不愿意提起天堂蒜薹事件的细枝末节。张扣死得其所，又死得那么毫无意义，让人心情极其沉重。

莫言在描写这类死亡的时候，并没有单纯地停留在死亡本身，更多的是用这种沉重的死亡折射导致死亡的现实原因来引人深思。

除了悲壮的死和沉重的死，莫言作品中还有很多无辜的死亡事件。《天堂蒜薹之歌》中，四叔本是拉着牛车外出出售蒜薹，不料却因为给乡政府王书记开车的司机酒后驾驶，酿成了一桩惨案。四叔无辜被轧死，而因为王书记的身份特殊，他的司机又是他的亲戚，事情最后不了了之。结果是四叔家只得到了三千五百元的赔偿，而肇事者却逍遥法外。还有《红高粱》中"我奶奶"的死。"我奶奶"本是要去给"我爷爷"的队伍送饭的，结果在路上被日军无端射杀。这些无辜的死者固然引起人们的同情，然而莫言之所以加入了诸多无辜的死亡者，其重点是为了突出引起这些无辜死亡事件的杀人者及受到的牵连者。造成这些无辜死亡事件的始作俑者自不必说，他们还殃及了其他的无辜者。四叔死不瞑目，引起了四婶的怨恨，激起了要给四叔报仇的念头。最后，她虽保外就医，得以释放，但还是没能逃脱死亡的命运，选择上吊结束了自己的生命。看似简单的无辜受害者，其实则是作者用心安排的人物，揭示了现实社会的问题和弊病，凸显了作品的现实意义。

有一点值得注意的是，正如在对具体的人物塑造中作者遵循的"正邪两赋、美恶并举"的二重组合原则，❶ 莫言作品中人物的死亡也是具有两重性的，并非

---

❶ 赵勇. 莫言的两极——解读《丰乳肥臀》[J]. 文艺理论研究，2013（1）：79.

## 第五章 解读生存与死亡——莫言与村上春树生死观探寻

那么单纯。如余大牙,他之所以被处死,是因为奸污了曹玲子姑娘,死有余辜,但临死前表现出的气概让人对他刮目相看。还有司马库,在众人眼中,他可谓是一个不折不扣的英雄。他侠肝义胆,保家卫国。在抗日战争中,他带领众弟兄,毁掉了日军运送军火的必经铁路桥,给日寇以毁灭性的打击,但却因此引来了敌人的疯狂报复。抗战胜利后,远走他乡的司马库回到故乡,成了抗日别动大队司令,他不愿被当时的新政府收编,甚至与新政府为敌,犯了所谓的"反革命罪"。最终,他在与鲁立人领导的独立纵队十六团的战斗中做了俘虏。可是当他听到他的岳母等人因他而受刑时,在押送途中逃跑的司马库毫不犹豫地主动投案,被公审枪毙。莫言借上官鲁氏之口表达了对司马库这个人物的总体评价:"他是混蛋,也是条好汉。这样的人,从前的岁月里,隔上十年八年就会出一个,今后,怕是要绝种了。"[1] 司马库的死与中国特定历史时期有密切的关联,这样的人物的死亡着实需要让我们在理解人物性格上费一番工夫。这样的死亡不仅能让人物性格更加富有立体感,也使人物性格更有深度,更为表达小说主题提供了有力的佐证。

与莫言的作品相比较而言,村上春树作品中的死亡类型比较单一,大部分是自杀而死,死于非命的占极少数。尽管《且听风吟》中鼠的小说中没有一个人物死去,然而《且听风吟》整部作品中死亡阴影却总也挥之不去。战败第三天踩响了自己埋下的地雷,死于上海郊区的叔父,另一位死于肠癌的叔父,以及怀揣所有梦境而辞世的祖母等。让人印象深刻的死,当数"我"交往的第三个女朋友,一个法文专业的女生。"我"认识她的第二年春假,她在"网球场旁

---

[1] 莫言. 莫言文集:丰乳肥臀[M]. 北京:作家出版社,2012:365.

边一处好不凄凉的杂木林里"自缢而死。与此类似的死亡在村上春树初期的作品中不断蔓延开来,最集中的体现莫过于《挪威的森林》。

正如林少华在译序中所说,孤独与无奈是村上文学的基调。"较之孤独和无奈本身,作者着重诉求的似乎更是对于孤独与无奈的态度。"❶村上作品中的年轻人对于无处安置的孤独与无奈采取了怎样的态度呢?

小说的扉页上赫然写着"献给许许多多的祭日"字样。从最开始村上就已经暗示我们这部作品与死亡息息相关,而小说中众多人物也大都以死亡或失踪为结局。直子的恋人木月因为无法正常与他人和社会交流而造成了强烈的孤独感,甚至找不到自己在这个社会中的存在感。即使是恋人和朋友也无法缓解这种无奈,因此木月在十七岁时就抛下直子,死在自家的车库中。"我"的朋友永泽的女友初美、高中三年级上吊而死的直子的姐姐,以及最后无法走出内心世界而选择了死亡的直子等。在成长过程中,弗洛姆把自我定义为人个体化过程中有组织和协调的整体人格。自我是一个完全与他人分离的个体,自我力量的增长是个体化过程的一个重要方面,但这种增长受个人和社会条件的制约。木月和直子由于从小关系太过紧密,没有个体化过程造成了他们各自不完整的自我:"至于自我,由于可以相互吸收和分担,也没有特别强烈地意识到。"❷本来这种个体化过程就困难重重:"由于众多的个人和社会方面的原因,自我的成长受到了阻碍,这两种趋势之间的差距产生了不堪忍受的孤独和无权力的感觉。"❸当本来就很不完整的自我受到了阻碍时,这种孤独感就更加强烈,木月"总是

---

❶ 村上春树. 挪威的森林[M]. 林少华,译. 上海:上海译文出版社,2007:3.
❷ 村上春树. 挪威的森林[M]. 林少华,译. 上海:上海译文出版社,2007:168.
❸ 埃里希·弗洛姆. 逃避自由[M]. 陈学明,译. 北京:工人出版社,1987:49.

## 第五章 解读生存与死亡——莫言与村上春树生死观探寻

想改变、提高自己，却总是不能如愿，又着急又伤心。本来他具有十分出色和完美的才能，却直到最后都对自己没有信心。"❶ 木月在被禁锢了的自我前面丧失了信心，面对青春期无处安放的失落和孤独时，产生了逃避的心理，并最终导致自杀。《海边的卡夫卡》中十五岁的佐伯与她的恋人又何尝不是这样的关系。木月死后，渡边作为直子与世界连接起来的"链条"，设法让自我极度不完整地深陷在彼侧世界的直子与此侧世界发生正常的关联。但渡边没有完成这种使命，并因此产生了不可消除的负罪感和无力感，这也是村上的想法：即使是这种世上唯一的朋友，也无法完全帮助他人消除孤独和焦虑。对于年轻人面对失落和孤独时的态度和采取的行为，村上的作品凸显了都市年轻人逐渐被边缘化的现状。

与向死而生的年轻人大不相同的是，村上还在作品中刻画了一些因暴力而死的亡者。此种死亡事件主要出现在村上后期介入现实和历史的作品中。

村上通过作品将来自体制和社会现实中的暴力暴露在了光天化日之下。由于暴力而造成的死亡事件也是层出不穷。在《寻羊冒险记》中，鼠为了不让羊进入自己身体而操纵自己选择了自杀。在《奇鸟行状录》第三部第二十八章中就出现了日本侵略中国东北时所制造的骇人听闻的血腥暴力事件：四个中国人因杀死两个日本人逃跑后被抓了回来，被八个端着枪的日本关东军士兵押着。其中的三人被日本兵用刺刀刺死，结果是"五脏六腑被剜得一塌糊涂，血流满地。"最后一人被日本兵用棒球棍活活打死。然而，当这个中国人被日本士兵用棒球棍全力朝后脑砸下时，这位中国人虽然头部两次被子弹打

---

❶ 村上春树. 挪威的森林[M]. 林少华，译. 上海：上海译文出版社，2007：166.

中,"却以不知从何而来的最后一滴生命力像老虎钳子一般紧紧抓住"脸上长着青痣的日本兽医的手腕,一起栽进事先挖好的坑中,这让在场的日本中尉和士兵全部都吓得目瞪口呆。还有日本关东军的侦查分队被俄国军官鲍里斯带领的外蒙部队捕获,为了套出情报,山本伍长被当作牲畜一般被活活地剥掉了皮。尽管在接下来的作品中也出现了很多因为体制上的暴力而造成的死亡事件,然而剥皮致死的死亡可以说是村上作品的一个转折点,是村上从描写年轻人的青春小说转而介入现实的一个象征性的事件。除了体制上的暴力,村上还描写了诸多源于现实社会暴力的死亡事件。《1Q84》中,青豆的挚友大冢环因为婚后受家庭暴力而自杀。青豆因为自己闺蜜的死亡而与一位老妇人联手暗杀了一些对妇女施暴的男子。值得一提的是,村上得知了骇人听闻的奥姆真理教制造的"地铁沙林事件"后,便放下手头的工作,在这之后的两年多时间里,他采访了事件的亲历者,并将其中的61位受害者的采访集结成册,就是《地下》这部纪实文学。村上没有沿用通常理解的对于灾害采访的模式去选取代表性的人物,讲述有代表性的故事而吸引大众的注意,而是将一个普通人在面对灾害和死亡时的正常反应如实地记录下来,真正地尊重作为个体的人,让我们真正逼近死亡。

## 二、风格迥异的死亡书写

如前所述,莫言与村上春树作品中皆出现了很多死亡事件。在描述这些死亡事件时,两位作者又有怎样的相似之处和不同之处呢?

## 第五章 解读生存与死亡——莫言与村上春树生死观探寻

### 1. 极力渲染的死亡叙事

纵观中国文学史乃至世界文学史，死亡历来是一个永恒的主题。很多作品中都出现了死亡，但是死亡大多是一种情节手段，或者是为强化主题的渲染。然而，在莫言的作品中，死亡俨然是整部作品的一个主题、一个灵魂。这从气势恢宏的死亡书写可窥一斑。可以说，莫言对于死亡事件的描写无所不用其极。

在叙事手法方面，为了渲染死亡场面，莫言在作品中运用了大量的方言和地方戏。

在《檀香刑》中，莫言借鉴了茂腔这个地方戏的很多元素。这是流行于胶东一带的地方戏，莫言从小就是在茂腔的唱腔里泡大的。他曾在《茂腔与戏迷》一文中提到，茂腔并不是一个高雅的剧种，难登大雅之堂。它流传的范围有限，仅仅在高密一带；它的唱腔单调，无论是男腔还是女腔，听起来都是悲戚戚的调子。说实在话，茂腔实在不是一个好听的戏剧，"但就是这样一个不好听的剧种，曾经让我们高密人废寝忘食、魂绕梦牵。个中的道理比较难以说清。比如说我，离开故乡快三十年了，在京都繁华之地，各种堂皇的大戏已经把我的耳朵养贵了，但有一次回故乡，一出火车站，就听到一家小饭店里传出了茂腔那缓慢而凄切的调子，我的心中顿时百感交集，眼泪盈满了眼眶……"。❶《檀香刑》可以说是莫言向茂腔、向高密方言致敬的一部作品。

从语言上来说，《檀香刑》中的很多语句都接近对仗和押韵的唱词，富有韵律、朗朗上口，与茂腔的唱词非常接近，还有很多戏剧的唱词夹杂其中。以第二章"赵甲狂言"为例，信手拈来。"这枪用的银子弹，上打天上的凤凰，下

---

❶ 莫言. 会唱歌的墙[M]. 北京：作家出版社，2012：251.

打地下的麒麟。""你爹我目不转睛,把皇帝爷爷的容貌看了一个分明。""这玩意儿花钱不多,但你爹我费工不少。刚打造那会儿,它黑不溜秋。是你爹我用砂纸打磨了三天,才使它又光又亮。"❶ 为了与接下来的小虫子受刑而死的凝重压抑的气氛形成鲜明的对比,莫言将茂腔戏里唱词的元素加入了赵讲述的话语中,让赵甲的讲述类似轻松的不以为然的说唱。在描写孙丙全家死于非命时,莫言的叙述策略不落俗套,一段茂腔唱白唱尽了孙丙的悲痛怨恨,"俺俺俺倒提着枣木棍~~怀揣着雪刃刀~~行一步哭号啕~~走两步怒火烧~~俺俺俺急走着羊肠小道恨路遥……有孙丙俺举目北望家园,半空里火熊熊滚滚黑烟。我的妻她她她遭了毒手葬身鱼腹,我的儿啊~~惨惨惨哪!一双小儿女也命丧黄泉~~可恨这洋鬼子白毛绿眼,心如蛇蝎、丧尽天良、枉杀无辜,害得俺家破人亡、形只影单……这血海深仇一定要报……闯入那龙潭虎穴,杀他个血流成河,俺俺俺就是那催命的判官,索命的无常"❷ 作为曾经的茂腔班主,孙丙能在如此悲惨的境地唱出如此格外扣人心弦的大戏,让人对他又增加一份敬畏。唱白不仅铿锵有力,而且节奏感十足,对仗和押韵的加入让话语一波三折,余音绕梁。《檀香刑》这场死亡大戏的重头戏可谓是孙丙被上檀香刑。在传统戏剧中,这种重头戏都不会缺少响声乐器的陪伴,莫言就人为给整个行刑过程配好了乐器班子,赵小甲给岳父上刑的声音就是死亡的鼓点儿,"油锤敲击橛子的声音很轻很轻,梆——梆——梆——咪呜咪呜——连俺岳父沉重的喘息声都压不住……俺不紧不慢地敲着——梆——梆——梆——……啊~~呜~~嗷~~呀~~咪呜咪呜喵~~他的身体里也发出了闹心的响声,好像那里面有一群野猫在叫

---

❶ 莫言. 檀香刑[M]. 北京:作家出版社,2012:54.
❷ 莫言. 檀香刑[M]. 北京:作家出版社,2012:205.

## 第五章 解读生存与死亡——莫言与村上春树生死观探寻

春……终于，檀木橛子从孙丙的肩头上冒了出来，把他肩上的衣服顶凸了。"❶ 赵小甲的锤子敲得有疾有缓，死亡大戏演得张弛有度，最后鸣金收场，看客们人心惶惶、坐立难安。莫言将原汁原味的茂腔嵌入文本中，留下了一段生死传奇。

除了借用地方戏，莫言还在描述死亡场面时运用了狂欢化的手法，烘托了死亡场面。狂欢式的场景、狂欢化的人物形象和狂欢化的语言浑然一体，成为莫言标签式的表现手法。

莫言作品不乏狂欢化的场景，用这种热闹的场景来反衬死亡也随处可见。《檀香刑》中第十五章中，从眉娘的叙述视角，描写了叫花子节狂欢的场面。

"只见从县衙西南侧的胭脂巷里，涌出了一群身穿五颜六色服装，脸色青红皂白、身材七长八短的人。打头的一个，用官粉涂了一个小白脸，用胭脂涂了一个大红嘴，模样像个吊死鬼。他上身穿一件长过了膝盖的红绸子夹袄（十有八九是从死人身上剥下来的），裸着两条乌油油的黑腿，赤着两只大脚，肩上扛着一只猴子，手里提着一面铜锣，蹦蹦跳跳地过来了。来者不是别人，正是叫花子队伍里的侯小七。侯小七敲三声铜锣：嘡——嘡——嘡——然后就高唱一句猫腔：'叫花子过节穷欢乐啊～～'"❷

叫花子本来就是没有什么忧愁的，加上八月十四日的节日，他们就更加欢乐了。莫言继续写道："在这一天，全县的叫花子要在县衙前的大街上游行三个来回：第一个来回高唱猫腔；第二个来回耍把戏；第三个来回，叫花子们把扎

---

❶ 莫言. 檀香刑[M]. 北京：作家出版社，2012：216.
❷ 莫言. 檀香刑[M]. 北京：作家出版社，2012：381-382.

在腰间的大口袋解下来去各家各户讨什物。"莫言用了大段篇幅使叫花子节狂欢的景象一览无遗。而往年这个时候，眉娘和她的丈夫赵小甲也会参与到这个节日中来，再加之眉娘作为一个唱戏的，她从心底里与叫花子这个行当的人惺惺相惜。而从后面的叙述我们可知，眉娘的父亲孙丙与叫花子们的交情颇深。孙丙对叫花子们关照有加，不仅教授他们猫腔，还提议设立了这个叫花子节。因此，这大段对于叫花子节的狂欢化的描述，不仅反衬了眉娘为了救夫而内心的不安和焦躁，更烘托了叫花子们舍生忘死营救孙丙的行动。"

还有中篇小说《欢乐》中狂欢的场景也是非常典型的一幕。小说并非如题目所说的是快乐的，甚至是一个悲哀的故事。主人公齐文栋过得非常痛苦。生在高密县农村一个贫困家庭的他，有一个响亮的名字——永乐。与千千万万个出身农村的孩子一样，永乐希望通过高考，摆脱贫穷与落后，走出农门，走向更广阔的世界。可五次高考，永乐每次都名落孙山。希望化为泡影，努力成为乌有，他烦闷、压抑、痛苦、无助……老母的拳拳之心，生活重压下哥哥的无奈、嫂子及众人的蔑视，未来的无望……一切一切压迫着他。万般无奈，他只好逃出家门，踏上"欢乐"的不归之路。在永乐喝农药自杀之前，他曾经独自一人背着喷粉器，来到豆田给豆子喷洒药粉。莫言写道：

"你走在自己制造的毒烟阵里，不敢呼吸，不敢睁眼，你只顾摇动手柄，只顾跟跟跄跄前冲，带着毁灭一切的愿望。……鼻孔被药粉堵塞了，呼吸窘急；你张开嘴巴帮助呼吸；药粉乘虚而入，呛闭了你的喉咙。眼睛里的泪水已把药粉和成了药泥，毒害了你的眼球。你生来睫毛稀疏！在周身针扎般的疼痛中，你还是感觉到了蚀骨的欢乐！欢乐！欢乐！！欢乐！！！不在欢乐中爆发，就

第五章　解读生存与死亡——莫言与村上春树生死观探寻

在欢乐中灭亡！"❶

　　齐文栋的这段经历与莫言其他作品的狂欢化不同，属于自我狂欢。莫言曾经说过："某种语言在脑子里盘旋久了，就有一种蓄势待发的力量，一旦写起来就会有一种冲击力。我是说写作时，常常感到自己都控制不住。不是我刻意要寻找某种语言，而是某种叙述腔调一经确定并有东西要讲时，小说的语言就会自己蹦跳出来，自言自语、自我狂欢。"❷

　　小说中的齐文栋通过这种自我狂欢进行着自己宣泄。他在药粉的包裹中获得了一种异于常人的濒临死亡的快感。药粉所代表的死亡呼唤让齐文栋这个饱经摧残的高考复读生产生了一种超脱感。而且在小说的末尾，莫言再次运用了反讽手法，将原本代表生命、代表希望的绿色描绘成让人绝望的意象。"欢乐呵欢乐！我再也不要看到你这遍披着绿脓血和绿粪便的绿躯体、生满了绿锈和绿蛆虫的灵魂，我欢乐的眼！再也不要嗅你这扑鼻的绿尸臭、阴凉的绿铜臭，我欢乐的鼻！再也不听你绿色的山盟海誓，你绿色嘴巴里喷出的绿色谎言，我欢乐的耳！永远逃避了绿色，我欢乐的灵魂！"❸通过反讽性地对生命、生存的嘲讽，莫言向我们展示了狂欢和死亡的某种关联。这种关联就是对权威的嘲弄，对常规的反叛，对生死界限的试探，将齐文栋对死亡的无惧，或者说向往死亡的心境表现得淋漓尽致。最终，在主人公获得死亡的一瞬间，或者说灵魂得到安放的那一刹那，欢乐终于从狂欢中获得了印证。

　　除了在语言和叙事手法上的别具匠心，莫言也极重视色彩的运用，充分利

---

❶ 莫言. 莫言文集：欢乐[M]. 北京：作家出版社，2012：281.
❷ 莫言，杨杨. 小说是越来越难写了[J]. 南方文坛，2003（1）：32.
❸ 莫言. 莫言文集：欢乐[M]. 北京：作家出版社，2012：321.

用了蕴意深厚的色彩意象。

在中国传统文化中，直接使人联想到死亡的颜色是白色。然而，在莫言作品中，象征喜庆、欢快的红色却与死亡有千丝万缕的联系。《红高粱》中陪伴英雄们那如血如火的成片红高粱，《透明的红萝卜》中黑孩执念追寻的带有一丝神秘色彩的红色萝卜，以及《枯河》惨遭毒打临死前看到的那一轮巨大的水淋淋的鲜红月亮等。同样是红色，莫言却在不同的作品中表达了不同的情绪。吴非认为："莫言的色彩与情绪间的联系，有意采用原始对立。……寻求色彩与情绪的原始对应，是莫言美学中的一个重要动机，可将此作为解读其色彩词汇的枢机之一。莫言的努力在于把人的感觉从一些僵冷的文化沉积中解脱出来，重归于热辣、鲜活的自由空间。"❶换句话说，莫言赋予颜色以不同的情绪感受，使其具有更加丰富的内涵。

在《红高粱》中，莫言是这样描写故乡的高粱地的："八月深秋，无边无际的高粱红成洸洋的血海，高粱高密辉煌，高粱凄婉动人，高粱爱情激荡。秋风苍凉，阳光很旺，瓦蓝的天上游荡着一朵朵丰满的白云，高粱上滑动着一朵朵丰满白云的紫红色影子。一队队暗红色的人在高粱棵子里穿梭拉网，几十年如一日。他们杀人越货，精忠报国。他们演出过一幕幕英勇悲壮的舞剧，使我们这些活着的不肖子孙相形见绌。在进步的同时，我真切地感到种的退化。"❷成片红色高粱在莫言笔下有了灵性，白云在高粱上被映衬为紫红色，而高密东北乡的草莽英雄被高粱染成了暗红色。热烈的红色在这里成为英勇悲壮的象征，对应的情绪是狂热的战争情绪和强烈的个人英雄情绪，而《枯河》中的红色又是如何呢？

---

❶ 吴非. 莫言小说与"印象派之后"的色彩美学 [J]. 小说评论，1994（10）：47-52.
❷ 莫言. 莫言文集：红高粱家族 [M]. 北京：作家出版社，2012：3-4.

## 第五章 解读生存与死亡——莫言与村上春树生死观探寻

"一轮巨大的水淋淋的鲜红月亮从村庄东边暮色苍茫的原野上升起时,村子里弥漫的烟雾愈加厚重,并且似乎都染上了月亮的那种凄艳的红色。这时,太阳刚刚落下来,地平线还残留着一大道长长的紫云。几颗瘦小的星斗在日月之间暂时地放出苍白的光芒。村子里朦胧着一种神秘的气氛,狗不叫,猫不叫,鹅鸭全是哑巴。"❶

从这段描述中,我们可以发现莫言在小说开始部分的描绘,看似是环境描写,然而却完完全全是从人的主观情绪出发,使描绘的对象带有明显的荒诞性和歪曲性。在小虎犯下错误之后,所有事物都失去了原本的逻辑。月亮不仅是"水淋淋的",而且还是"鲜红的"。除此之外,还有月亮的微光变成了血水,父亲的眼泪变为绿色,小虎脑海里的黄黄的、红红的火苗变为绿色熄灭。而真正描写到真实的血时,颜色确是蓝色。描写颜色时,客观事物与主观感受的悖论,红色与白色、红色与绿色的强烈对比,更加突出了红色的生命象征意义。而反现实逻辑的颜色描写所营造的神秘气氛,让读者一开始就不得不感到一股强烈的死亡气息扑面而来,让人感受到死神降临前的那种让人窒息的冷寂,与小虎最后的惨死首尾呼应。

在莫言的思维中,红色具有多重意义,如血、生命、热情奔放、美好的未来等。正如凡·高所说的:"色彩是无所不能的。"❷ 莫言利用色彩的多重感受性,让死亡事件带有了浓墨重彩的味道,也造就了莫言之所以是莫言的标志性语言。

---

❶ 莫言. 莫言文集:白狗秋千架 [M]. 北京:作家出版社,2012:191.
❷ 马凤林. 世纪末艺术 [M]. 天津:天津人民美术出版社,1991:194.

## 2. 轻描淡写的死亡场面

与莫言的大肆渲染相比较，村上春树在描述大部分的死亡时，总是用一种漫不经心的语调，娓娓道来。笔触是轻描淡写的，甚至还夹杂着些许戏谑的味道，与莫言的凝重悲壮大不相同。

自人类诞生以来，死亡及对于死亡本能的恐惧就与我们如影随形，是人类一切恐惧的根源，也是一切哲学、宗教和艺术都避不开的话题。死亡意味着生命的终结和肉身的消失。因此，人类一直以来都在尝试各种办法来战胜死亡，避免自己生命的终结。然而，在村上春树作品中，多数人物对于死亡都是毫无恐惧的，甚至是自己结束了自己的生命。

受日本传统生死观的影响，死对于村上作品中的人物来说犹如平常之事。他们感觉不到丝毫的恐惧，也没有对他们自杀前的通常有的心理状态进行任何描写。日本传统的生死观认为，生死无常，以死为美，深受佛教与神道教精神的影响。因此，村上在描写人物死亡的时候，正如吴雨平所说："好像不是在写他们的'死'，而是在写类似于吃饭、喝酒、听音乐的事情一样，以至于我们读时会有突兀、难以接受的感觉，甚至怀疑自己是否漏看了。"❶ 渡边回忆木月之死，直子讲述她姐姐死去的情景，绿子向渡边描述自己母亲去世时的口吻，都让我们感到村上对于死亡事件的描写是那么平淡，与日常生活诸事毫无二致。

"母亲什么时候去世的？""两年前。"她简短地回答，"癌，脑肿瘤。住了一年半医院，折腾得一塌糊涂，最后脑袋也不正常了，离了药就不行。但她还是没有死，差不多是以安乐死那种形式死的。怎么说呢，那种死法是再糟糕不

---

❶ 吴雨平. 村上春树：文化混杂现象的表现者[J]. 外国文学研究，2003（10）：123.

## 第五章　解读生存与死亡——莫言与村上春树生死观探寻

过的，本人遭罪，周围人遭罪。这下可倒好，家里的钱全都花光了。一支针两万日元，一支接着一支打。又要雇人专门护理，这个那个的。我因为要看护，学习学不成，和失学差不多，简直昏天黑地。还有——"❶

从绿子的这段话中，我们很难相信她是在跟人诉说自己生身母亲去世的事情，完全感觉不到绿子在谈论死亡时有任何情绪上的大波动，仿佛只是和朋友聊天时顺便提及了这个事情。

与此同时，通过考察村上春树的成长轨迹，可以看到在村上春树成长的过程中，西方文化对村上春树的影响也是不容忽视的。在外国文学的熏陶下，西方文化渐渐影响着村上春树。这从作品中出现的一部部的西方文学名著可窥一斑。而在死亡方面，村上春树也接受了西方哲学直面死亡、漠视死亡的倡导。同时，在日本传统生死观的推波助澜之下，形成了村上春树对于死亡事件的书写特点。在不动声色的叙事之中，村上运用了典型的西方"黑色幽默"的手法，带着几许冷漠的嘲讽和自嘲所表现出来的幽默遍布字里行间。

直子在描述掉进枯井中人将如何死去时，她说道："要是直接摔折脖颈，当即死了倒也罢。可要是不巧只摔断腿脚没死成可怎么办呢？再大声呼喊也没人听见，更没人发现，周围触目皆是爬来爬去的蜈蚣、蜘蛛什么的。这么着，那里一堆一块地到处都是死人的白骨，阴惨惨、湿漉漉的，上面还晃动着一个个小小的光环，好像冬天里的月亮。就在那样的地方，一个人孤零零地一分一秒地挣扎着死去。"❷

又如，在描述死亡感受时，渡边说："无论在镇纸中，还是台球桌上排列的

---

❶ 村上春树. 挪威的森林 [M]. 林少华，译. 上海：上海译文出版社，2007：92.
❷ 村上春树. 挪威的森林 [M]. 林少华，译. 上海：上海译文出版社，2007：8.

红白四个球体里，都存在着死。并且我们每个人都在活着的同时，像吸入细小灰尘似的将其吸入肺中。""那真是奇特的日日夜夜，在活得好端端的青春时代，居然凡事都是以死为轴心旋转不休。"❶

将想象中的白骨之上晃动的光环比喻为冬天里的月亮，将死亡之气息换化为能够吸入肺中的细小灰尘，更把死笑称为日常生活的轴心。也只有村上通过他招牌式的"陌生化"的比喻，能营造出一种"黑色幽默"的氛围，让本来让人窒息的浓厚的死亡气息被稀释了许多。

此外，与莫言倾向于描述浓墨重彩的死亡事件不同的是，村上则习惯在作品中营造一种灰暗色调的、寂静冷清的死亡氛围。

直子所讲述的她姐姐死时情景是这样的："小学六年级的秋天，十一月，天下着雨，一整天都阴沉沉的。……房间里一片昏暗，灯也没开，所有东西都显得朦朦胧胧的。……那绳从天花板梁上笔直地垂下来——那可是直直，直得可怕，简直像用墨斗在空间'绷'地打下的一条线。姐姐穿着白色的短罩衫——对了，正是我现在身上这件便式的，下身一条灰裙子。……"❷

村上在描述死亡事件时，并没有像莫言那般一反常规地运用多重色彩去表现死亡。村上还是遵循了日本传统文化中对于死亡的感觉。死亡的场景和相关人物的色调都是黑、白、灰这样的暗色调，感觉上也是朦胧的、寂寥的。死去的人也都是在安安静静的氛围中远去的。木月是夜晚在自家车库里死去的。他将橡胶软管接在汽车的排气管上，将车窗用塑料布封死，随后发动引擎。他死时，车上的收音机仍然开着，加油站的收据则夹在脚踏板上。对于死亡的描

---

❶ 村上春树. 挪威的森林 [M]. 林少华，译. 上海：上海译文出版社，2007：33.
❷ 村上春树. 挪威的森林 [M]. 林少华，译. 上海：上海译文出版社，2007：190-191.

写与刻画，村上没有刻意地渲染它发生的场景，也并未着力诠释它发生时人物的悲喜、疼痛，语调轻松平常，仿佛只是旁观者在述说一个故事，但却能形成强烈的冲击波和感染力撞击着人们的心灵。这种疏离感反而使他的作品具有无穷的艺术魅力。

莫言作品中亡者的轰轰烈烈与村上作品中死者的理智平静形成了鲜明的对比，两位作家都在用各自不同的方式诠释着死亡与死者。他们不停地提醒人们要直面死亡。作为生的对立面——死，在莫言与村上春树小说生命世界中又具有生所无法替代的生命意蕴。这也许是一种比生更复杂、更难理解的生命现象。我们从中也许会更深刻地领会到他们不同的人生观念和不同的生存方式；通过作品中主人公们对死的不同理解，他们对死的不同感受中领悟到的更深湛的生命意蕴可窥一斑。

## 第二节 生命的别样写照——死亡的深层意蕴

莫言作品中有死的喧哗与骚动，村上作品中有死的沉静与从容。当他们坦然地接受死亡，并且不遗余力地着力刻画死亡时，并没有忽略死的另一面——生，他们都在作品中表达了自己对于生与死关系的看法。

### 一、死亡——生命的绵延

生长在深受儒家思想影响的环境中，莫言并没有囿于儒家那种"重生，乐生而讳死"的生死观,不仅在作品中不遗余力地铺排笔墨书写死亡,更是在多部作品中谈到生与死、活着的人与死去的人之间发生的故事。

在《生蹼的祖先》中,"我"爷爷交代好了后事之后,便倒地而死。在我冥思苦想将爷爷送入红树林的妙计之时,"爷爷站起来。倒背着手,在我面前踱来踱去,很像一位监考老师。"当爷爷知道"我"已经有了万全之策之后,说:"孙子,你是个彻头彻尾的天才!爷爷死而无憾。"爷爷躺在地上,又一次死去。而"我们"一家子吃饭时,"我"爷爷又一次活了过来。被母亲一顿揶揄之后,爷爷又一次倒地死去,如此来来回回数次。莫言作品中的人物不仅可以死而复生,生而复死,还能够自由穿梭在阴界和阳间之间。"我"爷爷和皮团长死后,都被马上送入阴间的象征——红树林,而"我"与儿子青狗儿误入红树林后,发现在红树林中,"我"的爷爷和皮团长正在领导着人们对手脚生蹼的食草家族的男性成员进行阉割。《复仇记》中的"小屁孩"原本就是一个魂灵的存在,来无影、去无踪。他化为人身,协助大毛、二毛复仇,后被阮书记枪毙之后,利用化为鬼魂,神出鬼没的小屁孩那独特的魂灵视角依然在观察着周围的人们。正如莫言在《生蹼的祖先》结尾处写道:"人都是不彻底的。人与兽之间藕断丝连。生与死之间藕断丝连。爱与恨之间藕断丝连。人在无数的对立两极之间犹豫徘徊。如果彻底了,便没有人。"❶ 而在《复仇记》的最后,莫言写道:"我早死了,所以我告诉你,活着的人永远被死去的人监视着。"❷ 类似的魂灵视角在《生死疲劳》中更是被运用得淋漓尽致。西门屯的地主西门闹被枪毙之后,经过几次转世,他的魂灵先后依附在驴、牛、猪、狗、猴的身上,最后又成为人——大

---

❶ 莫言. 莫言文集:食草家族[M]. 北京:作家出版社,2012:218.
❷ 莫言. 莫言文集:食草家族[M]. 北京:作家出版社,2012:284.

## 第五章　解读生存与死亡——莫言与村上春树生死观探寻

头婴儿。尽管身为畜生的西门闹无法表露自己的身份，然而小说中依然加入了大量西门闹作为人的感情描写。魂灵的视角使莫言的叙述具有无比自由和洒脱，开拓了纯粹生物学和物种学的残酷和严厉的视角。在莫言的作品中，死亡并不是生命的终结，反而是生命的绵延。

另一方面，生活在岛国日本的作家村上春树也同样借小说人物之口，表达了类似的生死观。在《挪威的森林》中，村上借主人公渡边之口表达了如下的观点："死并非生的对立面，而作为生的一部分永存。"渡边也并非是一开始就拥有这样的生死观。"在此之前，我是将死作为完全游离于生之外的独立存在来把握的，也就是说'死迟早会将我们俘获在手。但反言之，在死俘获我们之前，我们并未被死俘获。'在我看来，这种想法是天经地义、无懈可击的。生在此侧，死在彼侧。我在此侧，不在彼侧。"❶然而木月死后，渡边对于生与死的看法完全被改变了。用渡边的话解释就是"死不是生的对立面。死本来就是已经包含在'我'这一存在之中"。死是每个人最终都要面对的问题，村上并没有回避死亡，而是很坦然地接受了这一事实。这从他作品中的诸多死亡事件就可窥一斑。然而，与莫言相同的是，村上也没有将生与死对立起来，而是认为它们有千丝万缕的联系。不仅如此，在渡边的好朋友木月死后，渡边便与木月的女朋友直子相遇。在多次的见面和约会之中，渡边倾心于直子。然而，直子从木月死后，便一直深陷于木月所在的异界——死之世界难以自拔。渡边一方面试图进入象征死之世界的阿美寮将直子拉回生之世界；另一方面，他又抗拒不了来自象征生之世界的绿子的邀请。也就是说，渡边成了可以自由进入生之此侧与死之彼侧

---

❶ 村上春树. 挪威的森林[M]. 林少华, 译. 上海：上海译文出版社, 2007：33.

的一个特殊存在。在村上的作品中，生存与死亡并非是彼此排斥的两极，而是成为同时存在的两个世界。在村上春树笔下，生存因为死亡而同样地被拓展了。

纵观哲人们对于生死的看法，莫言与村上春树并没有屈从于传统的生死观，而是与存在主义的生死观不谋而合。

传统生死观对于生命与死亡大致有两种解释：其一，认为死亡是生命的终点。也就是说，死亡是生命走到尽头才发生的一个现象，死是对生命的单纯的否定，它是一个活生生的生命的终结，与生存的过程无关；其二，将死亡看成人和生命从世界消失的一个标志，这就意味着人出现之前，世界就已然存在，而在人死以后，世界依然存在。传统的生死观与西方最早的将死从宗教神话中解放出来，并付诸哲学思维的柏拉图的生死观毫无二致，即主张灵肉二分法，二元论将生与死完全对立起来。

海德格尔则一改柏拉图的思维方式，将探求存在本身转而着眼于存在的意义中。海德格尔在《存在与时间》第二篇，从时间性角度来审视死亡，将时间的概念纳入考察存在的范畴中，使其具有不可超越性。因此，只能用先行的方法对死亡做预先的内心体验来凸显死亡的价值。海德格尔将存在的基本呈现方式分为将来（先行于已）、曾在和现在。他用"此在"来代替"人"这个概念，认为此在的本质在于他的存在，在存在中去获得本质。他认为死是生的一种"可能性"。"在此在中，始终有某种东西悬置着，这种东西作为此在本身的能在尚未成为'现实'的，从而在此在的基本机制的本质中有一种持续的未封闭状态。不完整性意味着能在那里悬置。"❶在海德格尔看来，人生是一个实现潜在可能

---

❶ 马丁·海德格尔. 存在与时间[M]. 陈嘉映, 译. 上海：生活·读书·新知三联书店, 2014：34.

## 第五章 解读生存与死亡——莫言与村上春树生死观探寻

性的过程。在没有实现这些可能性之前,人是不完整的。而死作为生的一种悬置,也可以看作一种可能性,有待于生去结束它。由此可知,生与死并非完全是对立的,人都是向死而生的。海德格尔的论断暗含人应无惧于死,不能忽视死,更须立足于死来筹划生,赋予死亡价值以积极的生的意义。

而萨特在继承和批判海德格尔死亡学说的基础上,在自己的著作《存在与虚无》中,针对海德格尔的一些主要观点表达了自己的看法。

针对海德格尔的死亡本己性问题,即死亡是此在"最本己的、无所关联的可能性"这一观点,萨特认为死亡并不是此在最本己的可能性,甚至根本就不属于我们的可能性之一,"死并不是我的不再实现在世的在场的可能性,而是在我的诸可能性之外的我的诸可能的一种总是可能的虚无化。"❶也就是说,死亡只是外在于生命的一个偶然的事实,我们既不能等待它,也不能对其采取任何态度。

存在主义哲学家对于生与死的阐释,让我们在面对死亡时已经不那么恐惧,甚至带有一些亲近感。生命与死亡也不再被看作完全对立的两面,死亡成为莫言与村上春树关注人的存在的又一阵地。西方生命哲学的代表人物柏格森围绕"时间—生命"问题,也提出了自己的独到的见解。其理论的核心就是"绵延"。柏格森认为,绵延就是宇宙、事物的变化发展是连绵不断的,是不断创新、不断增加新质的过程。生命同样是绵延的。"变化的连续性,过去在现在中的持续性及真正的绵延等属性,都为生物和意识所共有。进一步说,生命像意识活动一样,是一种连绵不断的创造。"❷柏格森的绵延理论的独到之处在于其绵延

---

❶ 保罗·萨特. 存在与虚无 [M]. 陈宣良等, 译, 上海:生活·读书·新知三联书店, 2007:651.
❷ 柏格森. 创造进化论 [M]. 姜志辉, 译. 北京:商务印书馆, 2004:78.

理论不单指生物的生命方面，而是指整个有机体，所以宇宙和生物都是绵延的。沙家强认为，死亡是生命的绵延则意味着"死亡作为生命整体的一部分，在肉体终结之后仍然作为生命在存在着，在延伸着生命的轨迹，这延伸正是生命之流连续不断的'绵延'之态"。❶ 而此种存在主义哲学生死观在文学作品中的渗透，在某些方面体现了作家心态的日渐成熟和灵魂的日益健全。莫言与村上春树不约而同地在作品体现的存在主义哲学生死观，表明两位作者对于生命与死亡的思考，那么两位作家作品中的死亡对于生命存在怎样的意义呢？

## 二、死亡——生命意蕴的别样关照

如上一节所说，莫言与村上春树并没有仅仅停留在死亡的书写中，而是在作品中涉及了生命与死亡的关系。值得注意的是，两位作家并未仅仅流于生与死关系的表面，而是通过死亡反观活着的人们，表达了世间多重生命的生存状态。阅读莫言的作品时，我们总会被作品中林林总总的蓬勃旺盛的生命力所打动，血色般汪洋的红高粱、灵魂跃动的生命精灵都透着一股原始的生命的冲动。而在村上春树的作品中，尽管主人公最后总是无果而终，然而他们对于生命意义、生存出路的执着追寻让人动容。然而，与莫言和村上春树在作品中直接表达生命意蕴相比，死亡书写具有不可替代、非常独特的深沉意蕴。

在《红高粱》中，"我"奶奶中弹倒地之后，莫言并未让"我"奶奶马上死去，而是让奶奶回忆起了往昔的种种。虽然这些对于"我"奶奶来说，只

---

❶ 沙家强. 死亡：生之绵延——由"存在主义"哲学观探寻"死亡"的生命内含 [J]. 兰州学刊，2008（2）：201.

## 第五章　解读生存与死亡——莫言与村上春树生死观探寻

是浮光掠影般闪现，然而莫言却用了相当多的篇幅来记录。奶奶回忆起了初入单家的光景，与爷爷相识的整个过程。而奶奶弥留之际的一段内心独白可谓意味深长。

"奶奶感到疲乏极了，那个滑溜溜的现在的把柄、人生世界的把柄，就要从她手里滑脱。这就是死吗？我就要死了吗？再也见不到这天，这地，这高粱，这儿子，这正在带兵打仗的情人？……我该做的都做了，该干的都干了，我什么都不怕。但我不想死，我要活，我要多看几眼这个世界，我的天啊……。"❶

在即将离开这个世界最后一刻，"我"奶奶表达了对于生活的留恋和对生命的珍惜，想到的恰恰是生命的意义。奶奶强烈的求生欲望凸显了生命的主体意识。在"我"奶奶合上眼睛的最后时刻，她从对世间事无尽的牵挂中解脱出来，带着对高密东北乡莫大的美好祈愿，与鸽子一共飞上了天。此处超现实的描写使生与死的界限变得不再那么清晰。在莫言看来，"我"奶奶与"我"爷爷，以及所有乡亲们那种无所畏惧的开拓精神和热情奔放的自由精神，正是那片热土上生命的最高形式，也就是莫言在《奇死》中所写的永远向往着的"人的极境和美的极境"。❷

历经生死、看淡一切的《丰乳肥臀》中的母亲——上官鲁氏，她的一生历经无数死亡，在司马库即将被枪毙时，母亲说："我变了，也没变。这十几年里，上官家的人，像韭菜一样，一茬茬地死，一茬茬地发。有生就有死，死容易，活难，越难越要活，越不怕死越要挣扎着活。我要看到我的后代儿孙浮上水来那一天，你们都要给我争气。"❸

---

❶ 莫言. 莫言文集：红高粱家族 [M]. 北京：作家出版社，2012：64-65.
❷ 莫言. 莫言文集：红高粱家族 [M]. 北京：作家出版社，2012：351.
❸ 莫言. 莫言文集：丰乳肥臀 [M]. 北京：作家出版社，2012：364.

从这段话，我们可以看出一个历经苦难的母亲所具有的坚强的生命意识。上官鲁氏对死亡毫不畏惧，同时又坚定地认为人应该尊重生命，尤其是人面对灾难、困境时，更要有不屈的生命力。死亡与上官鲁氏一生相伴，而她又以顽强的意志抵抗并消化这一切苦难。她独自抚养了八个女儿和一个儿子，她的女儿又不断地将自己的孩子送到母亲这里。上官鲁氏对所有后代一视同仁，只要是一条生命，她都千方百计地想方设法抚养、呵护。母亲本身就是原始生命力的一个象征。

村上春树作品中的主人公和莫言的如出一辙，活着的人们在面对周遭人的死亡时，总会有所感悟，有所思考。木月死后，直子说："死的人就一直死了，可我们以后还要活下去。"直子无法面对木月的死而进入了阿美寮逃避现实，但也渴望能够将自我治愈，重新开始新的生活。直子死后，为了排遣"我"无尽的悲哀，"我"踏上了西行的旅程。在旅途中，活着的"我"不断地反观周围的人的死——木月的死、直子的死，这让"我"认识到："我们唯一能做到的，就是从这片悲哀中挣脱出来，并从中领悟某种哲理。"❶ 在这里，渡边用的是"领悟"和"哲理"这两个字眼，即通过一定时间的思考，而获取的类似人生经验的东西。从字里行间可以看出，尽管是十八年后的今天，渡边仍然在思考死亡带给他的种种感受。《且听风吟》中鼠与"我"谈到为何厌恶有钱人，因为鼠认为"人人早晚要死。可是死之前有五十年要活，这呀那呀地边想边活。说白了，这要比什么也不想地活五千年还辛苦得多。"❷ 而有钱人则什么也不用想就可以度过自己的一生。换言之，死并不可怕，然而如何活着

---

❶ 村上春树. 挪威的森林 [M]. 林少华, 译. 上海：上海译文出版社, 2007：351.
❷ 村上春树. 且听风吟 [M]. 林少华, 译. 上海：上海译文出版社, 2007：11.

第五章　解读生存与死亡——莫言与村上春树生死观探寻

却是困惑人们的一大难题。渡边在摆脱了死亡的阴影与玲子分手时，多次提到了要活下去。"对于活着的人来说，眼下考虑的事只能是如何活下去。"❶村上春树通过主人公的一系列言行向我们表达，死亡并非是让人意志消沉下去的东西，而是让活着的人更坚定了活下去的勇气。死亡也并没有让活着的人停下追寻的脚步，反而在死亡里探寻自由、探寻爱、探寻生命的价值。

米兰·昆德拉在《小说的艺术》中，将小说家称为"存在的勘探者"❷。尽管作家在生活环境、人生阅历上有不同，在创作主题上也存在差异，但是在面对"生命"这个主题时，作家都要将自己的主体意识和生存体验，以及所要表达人物的生命意识结合起来。在人性及人的生存状态问题已经成为文学创作热点的当下，莫言与村上春树通过死亡发掘和激扬人的生命意识的勃发和生命力的张扬，死亡俨然成了人生新的生命起点，这让作品充满了悖反性。

通过对生与死的问题的反思，莫言与村上春树表达了对生命存在意义的看法。"死法"之于"活法"可谓是一个镜像或一种折射。在此意义上，莫言与村上春树建构了具有自我特色的死亡叙事。与此同时，从死亡的可能性和空间维度找寻生存之意义，直面死便意味着反思生。可以说，对于莫言与村上春树来说，书写死亡并不是两人的最终目的，更重要的是通过死亡书写来表达对于生命存在的关注和生存现状的深层思考。

---

❶ 村上春树. 挪威的森林[M]. 林少华，译. 上海：上海译文出版社，2007：23.
❷ 米兰·昆德拉. 小说的艺术[M]. 董强，译. 上海：上海译文出版社，2012：27.

# 第六章 时空交错的艺术——莫言与村上春树时空观比较

时间和空间让我们既感身在其中，又感超然其外。它被公认为一个既熟悉又陌生的存在。对于生活在由时间和空间构成的环境中的生存个体，随着自身逐步的成熟与完善，对于时间和空间的追问与反思也必然伴随其中。而对于小说创作来说，时间和空间是不可或缺的艺术表现手法。莫言与村上春树作品中描写的时间与空间所呈现出的亦真亦幻、虚中带实、虚实相见的特色，便是一个很好的印证。本章拟从文艺批评和哲学层面，结合叙事学和哲学中时间和空间的相关理论，将时间的范围定为叙事学的叙事时间；空间方面主要指叙事学理论中的空间。本章通过对莫言与村上春树的文本分析，聚焦莫言与村上春树对时间与空间看法和态度的异同。

# 第六章 时空交错的艺术——莫言与村上春树时空观比较

## 第一节 循环时间与线性时间的融合——
## 个人记忆与集体记忆的重构

时间究竟是什么？没有人问我，我倒清楚；有人问我，我想说明，便茫然不解了。

——奥古斯丁 ❶

奥古斯丁这句著名的对时间的感叹和追问，表明了时间的复杂性与多义性。时间作为构成我们生存环境必备要素之一，其重要性不言而喻。而作为反映生活的文学作品中更是少不了时间要素。因此，对于文学作品中时间的研究是解读该作品一把非常重要的钥匙。

在研究小说这种叙事性文体时，通常采用叙事学的时间相关理论。在叙事学中，通常将时间分为故事时间和叙事时间。故事时间是指故事事件或者一系列事件发生的自然顺序状态。叙事时间是指作者通过文本叙事运用叙事技巧呈现出来的时间状态，它是作者对故事时间进行重新加工后提供给读者的时间顺序，因此叙事时间又被称为话语时间、文本时间。这两者的关系主要通过时序、时距、频率三个方面体现出来。时序体现的是讲述的时间对故事时间的拆解、调换和重新组合。根据组合的不同，时序通常会有顺叙、倒叙和预叙等时序关系；

---

❶ 奥古斯丁. 忏悔录[M]. 北京：商务印书馆，1963：242.

时距主要展现文本的长度和信息的疏密之间的关系；频率是指事件出现在故事中的次数与该事件在文本中被叙述的次数之间的关系。

从古至今，人们对于时间的观念也在不断变迁，从早期的循环时间到线性时间，再到后来的相对论时间观，表明人们对时间的认识在广度和深度上都得到了扩展。循环时间观念认为时间是一种循环模式，时间从预设的起点不断地向一个方向性的终点进发，到达终点后开始循环至起点，时间始终处于一个环形式的过程中。线性时间，顾名思义就是时间从过去到现在、再到未来，像一条线一般，时间按照它自然流逝的顺序被记录下来。而相对论时间观以爱因斯坦的相对论为理论支撑，认为时间和空间是辩证的关系。随着人们对时间的体验更加全面和理性，时间也越来越成为文学表现的重要主题之一。对文学而言，时间及人们对时间的体验如何参与到文学之中，已经成为学者们研究的焦点之一。

莫言与村上春树在作品中也无一例外地通过时间来表达自己不同的主题。那么他们都在作品中使用了什么样的时间表达方式？这样的选择又表达了作者何种时间体验？这种时间体验的现实意义又是什么呢？

莫言与村上春树在作品中都非常重视对于时间叙事的策略。不仅有循环时间和线性时间，他们还将这些方式融合于一个作品之中。《生死疲劳》和《奇鸟行状录》便是很典型的两部作品。

《生死疲劳》是莫言借助中国佛教六道轮回这个概念而创作的作品，小说的主人公也是主要的叙述者之一——一个在土地改革前被冤杀的地主西门闹，肉身死后，他的灵魂依次附在驴、牛、猪、狗、猴，最后终于又转生为一个带着先天性怪病的大头婴儿。这是小说中的第一个循环时间。正如轮回是由"轮"

## 第六章 时空交错的艺术——莫言与村上春树时空观比较

与"回"组成一般,循环则是分为"循"和"环"。"循"在新华字典上的解释为"沿着、顺着",是指事物运行过程中的线性循序。西门闹再次转世为人身之前的一系列转世过程,就是中国近代史的一个缩影。西门闹死后,通过轮回转世历经诸多时期,从最初的土地改革到20世纪50年代的互助合作,然后走到了"大跃进"和"文化大革命",直到改革开放后的今日中国。西门闹经历的历史完全是按照事物本来发展的时间顺序依次行进的。"回"则侧重"循"最终的着落点。"回"之于西门闹则是转世又为人形。莫言通过这样的循环方式,将西门闹个人的喜怒哀乐、生离死别用历史的线性时间串联起来,循环时间与线性时间相融合,借此历史记忆与个人记忆也被重新组合,进行了重构。

当鬼卒端起可以让人忘记所有烦恼和所有爱恨情仇的孟婆汤让西门闹喝时,西门闹则挥手将汤打翻,并且说:"不,我要把一切痛苦烦恼和仇恨牢记在心,否则我重返人间就失去了任何意义。"❶ 由此可见,西门闹虽然转世为畜生,他依然带有人的记忆和情感。于是,当西门闹转世为驴,看到他的太太白氏、二姨太迎春和三姨太秋香时,通过回忆和讲述,将土地改革前后的历史展现在读者的面前。而且西门闹每次转世为动物,这个动物都与每个时期的关键人物关系密切,与当时的时代十分契合。当西门闹转世为西门牛时,恰逢中国的互助合作时期,故事的叙述者也随即变为蓝解放与大头婴儿——蓝千岁,也就是西门牛最终转世而生的婴儿。这种巧妙的叙事方式将西门牛当时的个人经历与历史现实紧密地结合起来。

"回"对于小说的整体叙事方式则是在《生死疲劳》的开端与结尾在时间上

---

❶ 莫言. 生死疲劳[M]. 北京:作家出版社,2012:8.

的循环往复。正如小说开端所说，故事的叙事时间从 1950 年起，中间按照历史行进的顺序经过多次大幅度的跨越终于来到了 20 世纪初。莫言将 50 年的历史截成了一个个有代表性的时期，依次展现在我们面前。每一个时期都是一个小的循环时间。"你作为一头驴，被饥民用铁锤砸破脑壳，倒地而死。你的身体，被饥民瓜分而食。这些情景都是我亲眼所见。我猜想，你的冤魂不散，在西门家大院上空逗留片刻，便直奔阴曹地府，几经周折，再次投胎。这一次，你转生为一头牛。"❶ 大头婴儿在西门闹转世为牛时如是说。每次转世，起点即是终点，终点也是起点，循环不止，往复不休。若干个循环时间，按照历史的发展脉络组成了一个大的循环圈。在故事的最末尾，"到了蓝千岁五周岁生日那天，他把"我"的朋友（蓝解放）叫到面前，摆开一副朗读长篇小说的架势，对"我"的朋友说：'我的故事，从 1950 年 1 月 1 日那天讲起。'"❷ 在这里，莫言通过首尾时间重合来实现主循环，以悖论的方式暗喻了循环的起点和终点的同一性。

村上春树诉说历史与现实的作品《奇鸟行状录》中同样将线性时间与循环时间相结合。

《奇鸟行状录》在故事情节的设置上分为两条主线，一条是与历史有关，描述了太平洋战争中的诺门罕战役和日本侵华战争。在回忆《奇鸟形状录》的创作时，村上谈道："开始写这部小说的时候，书名并未决定。不久，得了《拧发条鸟编年史》这个书名。没怎么为此伤脑筋，它是很自然浮上脑海的。至于"Chronicle"（编年史）一词到底从何而来，我则不清楚。没有意义，没有

---

❶ 莫言. 生死疲劳 [M]. 北京：作家出版社，2012：99.
❷ 莫言. 生死疲劳 [M]. 北京：作家出版社，2012：571.

## 第六章 时空交错的艺术——莫言与村上春树时空观比较

目的,只是作为普通词汇、作为音节一下子浮上脑海的。不过我想,既然取了 chronicle 这个书名,那么就应该有时间纵轴,把历史那样的东西牵扯进来。"❶ 从这段话可知,村上春树将历史部分按照编年史,即线性时间的一种记录方式,展示在我们面前。

故事的另一条主线将现实世界发生的事件串联起来。无论是主人公冈田亨依妻子的盼咐开始的寻猫之路,还是他在找猫途中误入异质世界而遇到的形形色色的人物,抑或是妻子失踪后冈田亨踏上的寻妻之旅,我们都可以发现拧发条鸟贯穿了整个小说的始末。拧发条鸟的出场是,在主人公和在一家专门介绍健身食品和天然食品的杂志社当编辑的妻子久美子住在舅舅租给他们的房子里,突然有一天他们听到了"吱吱"的叫声。这一段的内容是这样的:

附近树上传来不规则的鸟鸣,吱吱吱吱的,简直同拧发条声无异,我们于是称其为"拧发条鸟",是久美子命名的。它的真名无从知晓,连是何模样也不知道。反正拧发条鸟每天都飞临附近树上,拧动我们所属的这个静谧天地的发条。❷ 随后,拧发条鸟在小说各个人物出场时都会出现,吱吱叫着。故事的主人公,即叙述者冈田亨自己,被另外一个主人公笠原 May 称为拧发条鸟,这只鸟随时都陪在主人公身边;深夜怪事发生时,拧发条鸟那恰似拧发条的叫声传入少年的耳中;在中尉带领士兵袭击新京(今沈阳)动物园时,"鸟鸣也混在里面传来。鸟的鸣声很具特征,简直像拧发条一般,'吱吱吱吱吱吱吱、吱吱吱吱吱吱。'"❸ 就连和历史记忆相关的小小的人物,拧发条鸟也如影相随。就在中尉

---

❶ 村上春樹. 村上春樹全作品 1990—2000(第 4 卷·解题)[M]. 東京:講談社,2004:275.
❷ 村上春树. 奇鸟形状录 [M]. 林少华,译. 上海:上海译文出版社,2009:9.
❸ 村上春树. 奇鸟形状录 [M]. 林少华,译. 上海:上海译文出版社,2009:481.

带领士兵对动物园的动物进行一番惨烈的杀戮后，豹子被杀了，狼被杀了，熊被杀了。完成射杀任务的士兵们撤回司令部时，"兽医在已不出水的喷水池沿上坐下，抬头望天，望轮廓分明的白云，谛听蝉鸣。拧发条鸟已不再叫了，但兽医没注意到。他原本就没听到拧发条鸟的鸣声，听到的唯有日后将在西伯利亚煤矿被铁锹劈杀的可怜的年轻士兵。"❶

总之，在村上用上中下三大卷鸿篇巨制将故事向读者娓娓道来时，拧发条鸟将事件的每个个体都关联起来。故事以冈田亨收到妻子来信，与笠原May分手重返现实世界而结尾。

《奇鸟形状录》的日文标题为『ねじまき鳥クロニクル』。"ねじまき"是"拧发条"的意思，"拧发条鸟"是村上杜撰出来的鸟。"クロニクル"（Chronicle）是"编年史"的意思。拧发条鸟意味着将整个现实连接起来的一个标志，而编年史则是历史事件按照线性时间顺序的记录。通过两种时间顺序的记录，村上同样使个人记忆与集体记忆相互指涉。

综上所述，莫言与村上春树在讲述历史时，都采用了复合型的叙事时间方式，历史事件的纵向罗列与现实的循环往复将历史记忆与个人记忆融为一体。在《生死疲劳》中，莫言以历史为主，在建构历史的同时将民间的循环时间嵌入其中。于是，理性客观的历史由于民间介入而被解构和颠覆。在这样融入和消解的过程中，莫言将一个个沉重的故事用一种非常轻松的、愉快的，甚至带着几分狂欢的笔调写出来。莫言在接受日本媒体采访时曾经讲到，《生死疲劳》这部作品反映了中国近代历史上的一个非常重大的问题，涉及土地改革，涉及土地制度。

---

❶ 村上春树. 奇鸟形状录[M]. 林少华, 译. 上海：上海译文出版社, 2009：487.

## 第六章 时空交错的艺术——莫言与村上春树时空观比较

就是说，土地跟中国的这种近代的历史实际上是紧密相连的。也就是说，中国革命的一个核心问题就是土地问题。但是，如果用过去的传统的方式来写这样一部小说的话，实际会写得非常沉重，非常难懂。然而，采用这种复合型时间叙事方式的话，历史的沉重感被削弱了，现实被凸显出来了。反观《奇鸟行状录》，村上则是反其道而行之，将历史事件穿插到了社会现实的循环时间中来。本身他的历史事件带有虚构和颠覆的成分，加之个体记忆与集体记忆的相互指涉，减弱了村上在作品中对于战争的反思。

从故事的叙事视角来看，《生死疲劳》主要是由蓝千岁——小说中的大头婴儿来担当，其中穿插小说家莫言的叙述。蓝千岁站在现时的地点对过去的事情进行追忆，讲述往事是其重点，偶尔议论和感受夹杂其间，对于现时的感受也是频频可见，但大头婴儿对自身所处的当下却很少提及。也就是说，整个故事的主体成为过去，而现在基本被悬置了。另外，从叙述者的讲述可以看出，叙述者一直沉溺于追忆往事不能自拔，当下也常常指涉过去。然而，当《生死疲劳》的故事结尾发展到了现时，蓝千岁却又话锋一转，将当下拉回到了过去，将来完全被忽视。《奇鸟行状录》恰好相反，故事始于现实的生活，叙述者由多个人来担当。叙述者之一的冈田亨从现在的时间开始讲述，通过冈田亨引出往事的讲述者——间宫中尉、赤坂肉豆蔻和赤坂肉桂。间宫中尉与赤坂肉豆蔻的讲述都着重于往事，而赤坂肉桂由于丧失了语言功能，因此肉桂便通过电脑输入文件"讲述"故事，并将它命名为"拧发条鸟年代记"。肉桂在标题下面输入了16个故事，通过冈田亨打开的第八个故事，我们可以知道肉桂讲述的同样是往事。然而，在小说的最后村上给这个故事加了一个结尾，那便是九美子写给冈田亨的信。因此，村上春树是站在现在的视角来回望过去，而过去的最后落脚

· 151 ·

点依然是现在时间,在强调现在的时间的同时,关注将来的事情。"我闭眼准备睡一觉,但睡着已是很久以后的事了。我在远离任何人任何场所的地方,静静地坠入片刻的睡眠。"❶

因此,如果用简单的算式来记录循环时间的每个环节时间,莫言的《生死疲劳》可以简单概括为"过去—现在—过去";而《奇鸟行状录》则可以标记为"现在—过去—现在—将来"。萨特在评论福克纳《喧哗与骚动》的时间问题时,曾经总结过福克纳的时间观为"信赖过去、怀疑现在、摒弃未来"。❷

从莫言与村上春树的这两部作品来看,莫言对于时间的看法与福克纳的十分相似,而村上春树对于时间的总体观点是淡化过去、信赖现在、桥接将来。

博尔赫斯在著作中谈到对时间的感受:"事情真是奇怪,在我们区分的三个时间(过去、现在和将来)中,最难以把握、最难以抓住的居然是现在!现在就像不存在的点一样难以确定。如果我们想象它没有长度,那么也就等于否定了它的存在;我们必须把它想象成为过去的一部分和将来的一部分,我们感到的是时间的进程。"❸换言之,对于博尔赫斯而言,时间以过去、现在、将来这样的结构来表现时,现在变成了连接过去与将来的一个点。这个点似乎并没有确切的存在,而每个活着的人每时每刻又都必然经历,这就是现在时间的悖论。胡塞尔也表达过相同的观点。胡塞尔以"消失样式中的客体"❹来描述"现在"

---

❶ 村上春树. 奇鸟形状录 [M]. 林少华,译. 上海:上海译文出版社,2009:716.
❷ 保罗·萨特. 萨特文学论文集:关于《喧哗与骚动》,福克纳小说中的时间 [M]. 施康强,译. 合肥:安徽文艺出版社,1998:24.
❸ 豪·路·博尔赫斯. 博尔赫斯文集:文论自述卷时间 [M]. 王永年,陈众议等,译. 海口:海南国际新闻出版中心,1996:195.
❹ 埃德蒙特·胡塞尔. 内在时间意识现象学 [M]. 杨福斌,译. 北京:华夏出版社,2000:29.

第六章 时空交错的艺术——莫言与村上春树时空观比较

这个时间，认为它的呈现方式是连续变化的，而且在变化中永远不可能成其为本身，而是某种其他的东西，强调了现在的难以把握性。

海德格尔在《存在与时间》中明确提出了时间与存在之间内在的神秘联系，时间与存在如影随形，存在与时间互为存在的证据。❶ 对于莫言而言，过去是一种凌驾于现实之上的现实；而现在是无可名状的、躲闪不定的，它很难与过去抗衡。现在总是不可靠的，对于现在的质疑，也表明了莫言对于人的现时存在的回望式思考，即通过回顾过去确认现在的自我存在。《四十一炮》里面的长大成人的罗小通对于十年前自己的回忆是这样的，《天堂蒜薹之歌》中众人对于"天堂县蒜薹事件"的回顾也是如此。人与存在的乖离感由此而生。而对于村上春树而言，历史被现在完全解构，村上更加信任现在，对于过去的淡薄使《奇鸟行状录》这部作品对于介入历史、揭露暴力的效果大打折扣。

## 第二节 现实世界的偏离——莫言与村上春树作品中异质空间比较

何谓空间？与时间相仿，古往今来空间皆是哲学家们争论的问题之一。而空间作为人类和人类社会存在的载体和基本形式，也逐渐被作品们关注。曹文轩认为，空间问题是小说内容基本的、永远的问题。❷ 小说中的空间可以分为多重，可以是故事真实发生的实体空间，也可以是神秘莫测、光怪陆离的虚幻

---

❶ 马丁·海德格尔. 存在与时间 [M]. 陈嘉映, 译. 上海：生活·读书·新知三联书店，2014：57.
❷ 曹文轩. 小说门 [M]. 北京：作家出版社，2003：168.

空间，也可以理解为小说文本结构上的形式空间。到了近现代，空间不仅仅是单纯地作为一种叙事技巧而存在，它往往在塑造人物形象、表达作品主旨等方面发挥着重要的作用，在小说中成为不可或缺的一个重要组成部分。因此，有必要对小说的多样空间进行剖析和探讨。借此，我们可以深入小说内部，更加细致地观察小说的故事世界，更为透彻地明晰小说的主题所在，从而探寻作者通过所建构的空间传达给我们的人生观和世界观。

莫言与村上春树总是对空间描写充满热情，尤其两位作家在作品中的空间往往是被异化的空间。莫言与村上春树在构建异质世界时，有什么不同？这些异质空间又传达了作者们怎样的意图？

## 一、何为异质空间

对空间的定义最早给出论断的是两千多年前古希腊的柏拉图，空间"是不朽而永恒的、是不会毁坏的，它作为一切生成物运动变化的场所，……存在必定处于某一位置并占有一定的空间，既不在空中也不在地上的东西是不存在的。"❶他认为，空间是其本身存在所固有的一种属性，它的存在不依赖于其他的任何物质，是一种客观的、绝对的载体，是同质的、稳定的和永恒的。

与柏拉图绝对空间论针锋相对的是亚里士多德的相对空间论。亚里士多德认为，一切物体都是在空间里不断运动的，而绝对空间无法承载物体移位的要求。他认为："一个物体被置于分离存在而且不受内容物变动影响的空间

---

❶ 柏拉图. 蒂迈欧篇[M]. 谢文郁, 译. 上海：上海人民出版社, 2003：36.

## 第六章　时空交错的艺术——莫言与村上春树时空观比较

里,这样的事情是不会发生的。因为它的部分若不是分离着,就不是在空间里,而是在整体里了。"❶也就是说,当一个空间的物体发生变动离开所在的空间时,这个空间必将被一个新的物体所占据,而离开的物体也必然重新找寻一个新的空间。亚里士多德与柏拉图的观点相左,反驳柏拉图所说的永恒不变的绝对空间,认为这种空间是不存在的。亚里士多德认为,空间是相对的,具有异质性和有限性。

接下来的传统空间理论经历了康德的先验直观空间理论、贝柯莱的视觉空间理论、柏格森的二元论时空观、梅洛·庞蒂的身体空间论,以及海德格尔的存在空间论。直到第二次世界大战之后,随着世界格局发生了重大的变化,法国著名哲学家、历史学家、社会学家米歇尔·福柯提出了一个不同于传统空间观念的理论——"异质空间"理论。这个理论的前身是,1967年3月14日,福柯在一次建筑学研讨会上发表的名为《关于异类空间》(of Other Spaces 或译为《另类空间》)的演讲。福柯改变了空间一直以来依附时间的现状,开创了一个空间转向的新时代。他另外的一大贡献是在《异质空间》中福柯提出了"异质空间❷的概念——一个与理想世界的"乌托邦"相对应的概念,开现代空间研究之先河。福柯指出,异质空间作为一个另类空间存在,表现为地点与地点之间的关联形式,"这些关系描画着各种地点,而地点之间又相互不能缩减,并且彼此绝对不能迭合",❸地点与地点的这种独特的关系所构成的空间不是一个同质的、空洞的空间,而是具有丰富内涵

---

❶ 亚里士多德. 物理学[M]. 北京:商务印书馆,1982:112.
❷ 本书除了在与乌托邦进行比较时用"异托邦"这个说法,均采用"异质空间"这个说法。
❸ 米歇尔·福柯. 他性空间[J]. 王喆,译. 世界哲学,2006(6):52-57.

的空间，是虚实相间的空间，无时无刻不呈现在人们当下的生存状态和生存体验中。

　　福柯认为，所谓异质空间就是"在所有的文化，所有的文明中可能也有真实的场所——确实存在并且在社会的建立中形成——这些真实的场所像反场所的东西，一种的确实现了的乌托邦。在这些乌托邦中，真正的场所，所有能够在文化内部被找到的其他真正的场所是被表现出来的，有争议的，同时又是被颠倒的。这种场所在所有场所以外，即使实际上有可能指出它们的位置。因为这些场所与它们所反映的和所谈论的所有场所完全不同，所以与乌托邦对比，我称它们为异托邦"。❶ 从这个定义可知，福柯视野中的乌托邦是完全统一的、同质的、虚幻的场合；而与此相对，异托邦则是异质的，既有真实的场景，也有虚幻的部分。

　　通过对福柯理论的分析，福柯的异质空间的特征显而易见。第一，异质空间具有边缘化的特点。异质空间存在于世界上的任何一种文化里，并且每一种文化都拥有独有的异质空间的形式。而这个独特就体现在异质空间的"异"上面。在特定语境中，异质空间是指被主要社会群体排斥的人在主流社会空间之外形成的特殊的异质空间。而被置于此空间的人通常是偏离社会规范并且与大多数社会群体行为相异的人。第二，异质空间中的时间具有异质性。也就是说，异质空间中的时间与异质空间是不可分割的。异质空间在生成一个新的空间的同时，也将时间隔绝。第三，异质空间的多元性和包容性。异质空间能够将彼此矛盾的多个空间并置在一个地方。它可以将多个不同类型的、彼此冲突的空间"以一种隐喻（提喻）的方式组合拼接到一起，可能在

---

❶ 米歇尔·福柯. 另类空间[J]. 王喆, 译. 世界哲学, 2006（6）: 54.

## 第六章 时空交错的艺术——莫言与村上春树时空观比较

互涉中构成新的文化实践,生成新的价值与意义"。❶ 第四,异质空间的他者性。异质空间、异托邦本身就是在与乌托邦的对照下而衍生的词语。异托邦被定义为"与没有真实场所的乌托邦相反的现实存在的东西,但这些真实存在却时时通过自己的存在反对和消解现实。甚至说,异托邦就是现实的颠倒性存在,对现实形成危险的一种他性空间。❷ 福柯还借用了拉康的镜像理论,分析了异托邦与乌托邦的投射关系。第五,异质空间的限制性。异质空间的进入是有条件限制的,这个条件也许是文化因素,也可能是社会群体接纳或是其他。福柯的观点是,"异托邦"是一个矛盾体,有些异质空间表面看似完全开放,但具有隐蔽的排他性。而有一些空间,有时候以为自己已经进入其中,但其实并未真正被它所接受。第六,异质空间具有隐喻性或者补偿性。福柯认为,异质空间可以在真实空间之外衍生出一个优于或者劣于现实空间的幻化空间,通过这个虚幻空间反观现实空间,能够凸显出现实空间的美好或者混乱不堪。在这两种空间之间,还存在一种边缘空间,这是对主流空间的一种有益补充和反衬。异质空间往往通过隐喻的方式将多个不同种类、彼此冲突的空间组合起来,这也是文学批评中会指涉的内容。❸

---

❶ 张一玮. 异质空间与乌托邦——一种都市文化批评的视角 [J]. 唐山师范学院学报, 2006 (11): 28.
❷ 张一兵. 福柯的异托邦:斜视中的他性空间 [J]. 西南大学学报(社会科学版), 2015 (5): 7.
❸ 根据福柯自己的对于构成"异托邦"所具有的特征以及学者的阐述概括而来。主要的参考资料:
尚杰. 空间的哲学:福柯的"异托邦"概念 [J]. 同济大学学报(社会科学版), 2005 (6): 18-24.
张一玮. 异质空间与乌托邦——一种都市文化批评的视角 [J]. 唐山师范学院学报, 2006 (11): 28.
罗安永. 异质空间与文学——媒介诱导下的文学研究 [J]. 大众文艺(理论), 2009 (10): 67.
张一兵. 福柯的异托邦:斜视中的他性空间 [J]. 西南大学学报(社会科学版), 2015 (5): 7.
米歇尔·福柯. 另类空间 [J]. 王喆, 译. 世界哲学, 2006 (6): 54.
历蓉. 第三空间:文学研究的另类视角 [D]. 南京:南京大学, 2014.

上述异质空间的六个特征，涵盖了异质空间的各个构成要素和功能。异质空间的"异"着力于"异位"和"偏离"之意，它实质上是一种现实空间，而这种现实空间通过异位，又生成另外一个虚化空间。在这个空间中，事物的运转是不同寻常的，因为异质空间被视为一种另类空间，借此我们能够反映、质疑及颠覆社会中的其他空间；但同时它又是真实存在于社会之中的一类空间，通过异质空间生成的另外一个虚化空间又可以反观现实空间。

随着空间转向，学者对于空间叙事的关注度的增加，从"异质空间"视角考察作品已经不再是一个另类的视角，作家对于空间尤其是异质空间的书写也大量出现。莫言与村上春树作品中出现了很多与福柯所述的特征相一致的异质空间，因此参考福柯的空间理论来分析其空间叙事特点和意义是非常必要的，也是非常有价值的。

## 二、寻常的另类空间——莫言与村上春树作品中的异质空间比较

如上所述，莫言与村上春树作品中出现了很多关于异质空间的书写。他们作品中的异质空间有什么样的特点呢？两位作家借此要传达怎样的意图呢？

莫言作品中的异质空间最典型的要数《四十一炮》中罗小通讲述往事的废弃寺庙。寺庙里面破败不堪，寺庙内的几座佛像也是年久失修、陈旧不堪。寺庙紧靠着一条大路，路旁就是繁华热闹的小城。寺庙的围墙很自然地将寺庙与寺庙外的场所隔绝开来。

《挪威的森林》中的疗养院——阿美寮，也是具有异质空间特点的一个典型

## 第六章　时空交错的艺术——莫言与村上春树时空观比较

场所。阿美寮位于京都一个非常偏僻而又安静的深山老林之中。阿美寮的周围看不到人烟，是一片真正远离喧嚣的尘世乐土。然而，作为社会延伸到下端的一个分支，它又与社会保持着必要的联系。

从小说的叙述可知，这两个空间都具有相同的一些特点。

首先，这两个空间都具有边缘性。它们都是现实空间的一种存在，但在功能上却偏离了通常所具有的用途，成为异于主流空间中的一个边缘空间，也因此成为主流社会空间的一个补偿。

众所周知，寺庙本来是用于人们祈求美好愿望的一个神圣之地，大到国家社稷祭祀天地祈求国泰民安，小到市井民众祈福安康。然而，《四十一炮》中的寺庙则供奉着一位五通神。何谓五通神？"五通神是五个性能力超人、被古代知识分子骂为'淫神'"的五尊佛。❶而且在小说的一开场，众多的寺庙禁忌集合在了一起：女人、血水、闪电和霹雷。由此可见，这个寺庙不是普通意义上的庙堂。在寺庙内，罗小通回忆起十年前他的往事——一个馋肉、喜欢吃肉的孩子，如何成为一个吃肉能手而又被后来的人奉为"肉神"的故事。故事主要就是围绕"食"来展开。而在罗小通讲述自己吃肉故事的同时，具有超常性功能的兰大官，即兰老大和老兰的三叔，这两个传奇人物的故事也在大和尚的意念中展开。寺庙中弥漫了象征人类本能的"食与色"。与此同时，五神通庙对面还要建设一个供奉肉神的"肉神庙"，这两座不同寻常的寺庙表现了人的本能欲望。同样，作为疗养院的阿美寮也偏离了他本来的功能。"我"是这样描述去往阿美寮的路途的：

---

❶　莫言. 莫言文集：四十一炮[M]. 北京：作家出版社，2012：21.

"(汽车)沿鸭川经京都市区往北驶去。……汽车突然蹿入阴森森的杉树林中。杉树简直像原始森林一般拔地而起，遮天蔽日，将万物笼罩在幽暗的阴影之中。从窗口进来的风骤然变冷，湿气砭人肌肤。车沿着溪流在杉树林中行驶了很久很久，正当我恍惚觉得整个世界都将永远埋葬在杉树林中的时候，树林终于消失了，我们来到四面环山的盆地样的地方。"❶

而随后经过村落后，汽车再次进入杉树林。穿过杉树林驶入村落，穿过村落又驶入杉树林，最后到达一个既无人家，又无田地的车站。"我"从这个车站穿过杂木林辗转反复才来到了阿美寮。

路途中"我"经过的杉树林不仅仅是实景描写，更多是一种隐喻和象征，就是这阴森、幽暗的杉树林，将阿美寮与外界隔离，成为一个独特的空间。

虽然进入阿美寮的人都是病人，然而阿美寮强调自身并非医院。在这里，没有病人与医生之分。时间一久，居住在其中的人并不认为自己患有疾病。疾病在社会中是一种异常状态，在阿美寮中则成了常态。这使阿美寮成了一个另类的空间，一个偏离社会中心的异质空间。阿美寮虽然表面是一个疗养院，然而对于从外界进入其中的"我"来说，感觉异常，甚至"缺少踏实感"。而且阿美寮之所以偏离疗养院功能很重要的一点在于：一旦进入此地，便懒得出去，或者说害怕出去。唯其如此，疗养院才成为病人逃避现实的一个场所，在这个空间中人们不必受到通常的社会准则和要求的约束，没有负担和责任。简言之，阿美寮既是一个现实存在的世界，又是一个偏离了实际的存在，成为人们遁世的场所。

---

❶ 村上春树. 挪威的森林[M]. 林少华, 译. 上海：上海译文出版社, 2007：121.

## 第六章 时空交错的艺术——莫言与村上春树时空观比较

其次，异质空间都具有隐喻性。

在双城市肉食节开幕式的晚上，随着礼花在天上不断绽放，寺庙及其周围明暗相间。在灿烂和黑暗之间，罗小通的内心感受是这样说："我心中有些惶恐，仿佛置身生与死的交界处，顾盼着阴间和阳世。"❶ 从罗小通的这段内心独白可知，寺庙犹如充满死亡的阴间，而寺庙外则是充满活力的阳间。在昏暗、阴森的寺庙内，象征肉神四处流浪的罗小通为了出家，与大和尚讲述自己十年前的故事。随着罗小通故事的进展，兰大官即大和尚的前身与沈瑶瑶之间的爱恨纠葛，酷似死去野骡子姑姑的女子对"我"的吸引，还有老兰三叔的光辉历史，都以头脑中意念的形式似真似幻地出现在罗小通的眼前；而寺庙外则是双城市肉食节如火如荼盛大举办的景象。寺庙围墙的豁口犹如寺庙与外界相通的一个通道，随着这个缺口不断扩大，寺庙外的人和事物不断地涌入寺庙内。老兰为了在庙前开枪一事向神灵祈求宽恕，特意命人在寺庙的院子里搭了戏台子，请剧团在院子里演出《肉孩成仙记》。在大戏开始前的准备工作中，这样一个细节：电工在庙堂内挂上了一个巨大的灯泡，而栖身昏暗寺庙的罗小通则对刺眼的白光异常敏感，不得不戴上了一副被人遗忘的墨镜。在这里，光明是生机勃勃阳间的象征，而昏暗则是阴间的一个意象。罗小通之所以向大和尚讲述自己十年前的故事，本意是想打动大和尚，希望大和尚可以将自己留在寺庙里。然而，随着罗小通的诉说不断继续，罗小通确认了自身的存在。而庙堂外面戏台上的大戏上演的过程中，"我感到自己仿佛与那个肉孩子融为了一体。"❷《肉孩成仙记》结束之后，兰大官跳上戏台与四十一个女人交合的场景再次模糊了生

---

❶ 莫言. 莫言文集：四十一炮[M]. 北京：作家出版，2012：154.
❷ 莫言. 莫言文集：四十一炮[M]. 北京：作家出版，2012：45.

与死的界限，打通了过去与现在的时间隧道。也就在罗小通的讲述接近尾声时，罗小通所在的五通神庙大部分坍塌了，罗小通不得不面对寺庙外大道上出现的人群。所有罗小通讲述中出现的人物都出现在了大道上，所有意念故事中的人物也都现身于此。小说的最后，罗小通无疑再次徘徊在了生与死的边缘，位于象征阴间的寺庙和代表阳界的双城市中间的一条大道上。

而村上春树也将笔下的阿美寮描绘成了一个与世无争、不食人间烟火的世外桃源，生活在此的人们过着自给自足的生活，尽量减少与社会的联系。也就是说，阿美寮将人与外界隔绝开来，使居住在里面的人脱离现实而存在。脱离了生之世界的人必然向彼岸即死之世界靠拢，阿美寮自然而然地便充斥了死亡的气息，成为与此侧即生之世界相对的一个场所。渡边这样描述阿美寮中人们吃饭的情景："另一点与我那里的食堂不同的是，每人讲话的音量都相差无几，既无大声喧哗，又无窃窃私语，既无人开怀大笑和惊叫，也无人扬手招呼，每一个人都用大体相同的音量悄声交谈。"❶ 而来自生之世界的"我"在这样的环境中会奇异地怀念起人们的嘈杂声来，甚至缺少踏实感。因为青梅竹马的恋人的死亡，直子不知道该如何继续在生之世界生活下去，便将自己困在阿美寮中，最终没有能够逃脱死亡的命运。

除了上述提到的例子，莫言与村上春树其他作品中也不乏异质空间。《十三步》中物理老师在动物园里所待的笼子也是典型的异质空间。在现实世界中，这个笼子是将物理老师困住的一个空间，然而它象征着知识分子所面对的困境，及人的私欲。这些也似牢笼一般困住了小说中的人物。还有《丰乳肥臀》中的

---

❶ 村上春树. 挪威的森林 [M]. 林少华，译. 上海：上海译文出版社，2007：139.

第六章 时空交错的艺术——莫言与村上春树时空观比较

教堂，教堂本是牧师们传教的地方，是信徒们祈祷的神圣之地。在小说中，教堂成为马洛亚神父与上官鲁氏，以及他们的私生子团聚的地方。在乱世中，教堂成为一个短暂的乐土。《海边的卡夫卡》中少年卡夫卡栖身的图书馆也是一个特殊的空间，图书馆已经不再单纯是人们借阅图书、阅读文献的地方，而是一个"母性空间"。❶

总之，异质空间叙事的意义在于它所揭示的真实性、异质性。而异质空间的生成性和可能性又成为关照现实世界的一个有力的补充。

## 第三节 时空融合交错的艺术特色

不论是现实中发生的实例，还是虚构想象的事件，无一例外都是发生在一定的时间和空间里的，具有一定的时间维度和空间维度。换言之，时间与空间往往是融合在一起的，而并非脱离彼此，独立存在的。在传统的叙事学（包括经典叙事学和后经典叙事学）中，往往重视时间而忽略空间。随着空间叙事学研究的兴起，时间与空间的融合渐渐引起了学者们的关注。正如巴赫金所说，"在文学中的艺术时空体里，空间和时间标志融合在一个被认识了的具体的整体中。时间在这里浓缩、凝聚，变成艺术上可见的东西；空间则趋向紧张，被卷入时间、情节和历史的运动之中。时间的标志要展现在空间里，而空间则要通过时间来理解和衡量。这种不同系列的交叉和不同标志的融合，正是艺术时空

---

❶ 小森阳一. 村上春树论——精读《海边的卡夫卡》[M]. 北京：新星出版社，2007：134.

体的特征所在。"❶ 也就是说，在文学作品中，时间与空间是统一的整体，二者不可分割。龙迪勇也表达过相同的观点，"叙事是具体时空中的现象，任何叙事作品都必然涉及某一段具体的时间和某一个（或几个）具体的空间。超时空的叙事现象和叙事作品都是不可能存在的。"❷

在这样的时空融合的背景下，勇于不断尝试的叙事手法的莫言与村上春树也在作品中打造了一个时空交错的文学世界。

莫言与村上春树在作品中运用了很多倒叙、预序和补序的时间叙事策略，不仅让故事时间与文本时间形成错位，还带动了空间的不停流转。

例如，在《四十一炮》《十三步》中带有回忆性质的作品中，莫言让主人公在现在的时间里回忆多年前发生的事情。在文本中不仅展开了以现在说过去或将来的倒叙叙事，还在回忆文本中加入以过去回望现在或展望将来，以将来回看现在或过去的叙述话语。《四十一炮》中，在罗小通回忆过去的文本中，不时地出现如下时间倒错的典型表述。

"当时我猜想她把那些烂地瓜当成了我们的脑袋，现在回想起来，她更多的是把那些烂地瓜当成了野骡子的脑袋"。❸

"后来我反复回忆，也想不起来母亲是怎样地出现在了我的面前、父亲的背后。"❹

---

❶ 巴赫金.《巴赫金全集》（第三卷）[M]. 白春仁，晓河，译. 石家庄：河北教育出版社，1998：274-275.
❷ 龙迪勇. 空间叙事学 [D]. 上海：上海师范大学，2008：9.
❸ 莫言. 四十一炮 [M]. 北京：作家出版社，2012：24.
❹ 莫言. 四十一炮 [M]. 北京：作家出版社，2012：571.

## 第六章 时空交错的艺术——莫言与村上春树时空观比较

"在后来的岁月里，我经常回忆起这件事。每当我回忆起这件事，就会走神，就会把手边正在做着的、心中正在想着的事情忘记，就会全部身心回到那个日子里。"❶

除了倒叙，莫言还运用了预序和补序的时间叙事策略。在《天堂蒜薹之歌》中，每一篇前都摘录了张扣和他的徒弟编唱的歌谣，总共二十一段，大多以四句为一则（多讲究韵律和词句对仗），内容属于"时政歌谣"，切合为农民鸣不平的创作初衷。比如，第五章开始之前的歌谣是"八月的葵花向着太阳／孩子哭了送给亲娘／老百姓依赖着共产党／卖不了蒜薹去找县长"；第十一章前附的唱词是"天堂县曾出过英雄好汉／现如今都成了熊包软蛋／一个个只知道愁眉苦脸／守着些烂蒜薹长吁短叹"。这样巧妙的叙事方式，让这些唱词成为预序，也是文本叙事的一个补充，将老百姓之所以冲入县政府的背景交代得一清二楚，在某种意义上是补序的一种。

说起补序，莫言作品中最明显的当数《丰乳肥臀》中小说文本之后的《卷外卷：拾遗补阙》包含七个"补叙"。补一：母亲吞粮食救孩子，八姐不忍自寻短见；补二：六姐艰难寻夫，不料夫妇被炸死在山洞；补三：积攒多年怨恨，上官鲁氏杖毙上官吕氏；补四：上官来弟和鸟儿韩的相恋；补五：四姐流落风尘，被批斗得神志不清；补六：鲁胜利的奢华生活；补七：上官金童土葬"母亲"遇阻拦，坐坟头回忆过去。为了故事情节的完整性和对人物命运的投入，莫言有意识地将故事时间进行分割、重组，以此打乱故事时间的连续性，造成了叙事时间的倒错。

---

❶ 莫言. 四十一炮[M]. 北京：作家出版社，2012：261.

村上春树在初期第一人称回顾性叙事作品中，也多采用倒叙的时间叙事策略。由于第一人称回顾性叙事文本存在两种视角。一为叙述者"我"追忆往事的视角，另一个是被追忆的"我"过去正在经历事件的眼光，由此形成了如莫言作品中同样存在的以现在讲述过去和将来，以过去说现在和将来的叙事话语。从《且听风吟》《1973年的弹子球》，到《挪威的森林》，都是这样的时间叙事风格。与莫言不同的是，正如《且听风吟》中"我"通过精确的数值来确认自我的存在一般，在小说中，村上春树从头至尾都用精确的数字来表述时间。从小说文本可知，"我"是在二十九岁的时候回忆自己青春时代的往事。这个往事不仅有"我"十四岁的时候的经历，还有二十岁刚刚到来的感叹，二十一岁时与鼠的交往。除了回忆性的倒叙，村上春树还运用了预叙与插叙的策略。故事开始的部分，作者预告式的写道："故事从一九七〇年八月八日开始，结束于十八天后，即同年的八月二十六日。"这可以说是最明显、最直接的预叙，而村上春树还在倒叙中加入预叙。即在回忆往事中，将时间切回现在，从现在的眼光出发来讲述接下来即将发生的事情。尽管没有言明具体是何事，但是读者总能从中读出些许端倪。例如，在《国境以南，太阳以西》中，"我"在回忆与人生之中最重要的三个女性的昔日过往之时，总会评论式地将后来发生的事情提前透露给读者。例如，在回忆十二岁与岛本交往的时候，作者感慨道："想必我们都已感觉到我们双方都是不完整的存在，并且即将有新的后天性的什么为了弥补这种不完整性而降临到我们面前。我们已站在那扇新门的前面，在若明若暗的光照下两人紧紧握住了手，十秒，仅仅十秒。"❶ 短短两句话已经将接下来

---

❶ 村上春树. 且听风吟[M]. 林少华，译. 上海：上海译文出版社，2009：15.

## 第六章 时空交错的艺术——莫言与村上春树时空观比较

要发生的事情预先表明清楚,既预叙到了岛本后面的一些遭遇,也预叙到了我接下来与其他女性交往的故事。《挪威的森林》也是如出一辙。在回忆与初美最后一次见面时,又采用了预叙的方式提前告知读者初美最后自杀的结局。随着叙事时间的随意变换,空间也在不断的变动之中。如第一节所述,莫言与村上春树通过将线性时间与循环时间相融合,通过时间这一利器将个人记忆与集体记忆连接起来。这种时间叙事方式在实现了故事时间与文本时间循环往复的同时,也赋予了时间以记忆空间化的特质,使空间因时间的变换而变得颠三倒四、支离破碎。

同样,在空间叙事的设置上,莫言与村上春树也是别具匠心,在同一个作品中,往往设置有两个或多个空间环境。例如,在《四十一炮》中,除了有庙宇这个异质空间,还有庙宇外的双城市。如本章第二节所述,作为与双城市相对的一个空间,庙宇是过去的一个象征,隐喻着罗小通的幼年时期;而庙宇外热闹的街道则是对现在时间的一个关照。在五通神庙内讲述自己十年前往事的罗小通尽管已经长大成人,但他的思想和精神时间依然停留在十年前。莫言特意设置了一个"红衣女子","她距离我这样近,身上那股跟刚煮熟的肉十分相似的气味,热烘烘地散发出来,直入我的内心,触及我的灵魂。我实在是渴望啊,我的手发痒,我的嘴巴馋,我克制着想扑到她的怀抱里……我想成为一个男人,但更愿意是一个孩子,还是那个五岁左右的孩子。"[1] 她身上散发出的煮熟的肉的气味无疑触及了"肉孩子"罗小通童年记忆的最深刻之处。因此,在五通神庙内,由于罗小通的诉说,时间在诉说中凝固在了十年前。但是莫言并没有就

---

[1] 莫言. 四十一炮[M]. 北京:作家出版社,2012:57.

此停止他的尝试与探索。在罗小通讲述往事的同时，他还穿插讲述了现实中发生在五通神庙前的双城市的故事，即十年后的正在发生的事情。同时，兰大官人的情史也在我的想象中被构筑出来了。而这样时空融合交错的立体叙事在小说的末尾，以四十一炮发出的形式被再次展现出来。每一发炮弹发出后，犹如幻灯片一般将我们拉入不同的时间和地点的事件中去。在最后四十一炮发出后，过往的种种与现实的纷纷扰扰衔接在一起。就是如此这般，莫言通过两个空间，多条穿梭在过去与现实的时间线索，向我们展示了一副如梦如幻、亦真亦假的时空交错的立体画面。

村上春树的《海边的卡夫卡》也是一部存在多个空间的作品。作品中除了有图书馆这样的异质空间之外，还有现实空间和虚幻空间，甚至还出现了灵异世界。现实空间中，少年卡夫卡独自一人离家出走，踏上寻找自己亲生母亲和姐姐的征途。而中田老人与星野君也开始了寻觅入口石的旅程。在故事按部就班发生时，村上春树又将我们带入了多个不同的空间。图书馆是作品中具有多种意味的特殊空间。图书馆本身通过里面的图书典籍就可以将多个时间聚集于一身。而在作品中，图书馆则是现实与虚幻、过去与现在交汇之处。少年卡夫卡如命运指引一般来到位于四国高松市的甲村图书馆。在此，少年卡夫卡与五十岁左右的优雅女士佐伯相遇。而在夜晚，十五岁的佐伯的魂灵出现在图书馆少年卡夫卡的房间里。而中田老人小时候遭遇到自己老师残暴对待后，也曾一度躲到那个拥有入口石的虚幻世界中。在入口石关闭之后，中田老人与佐伯在图书馆会面。而拥有入口石的虚幻空间则以森林为入口，在这个世界里，时间是停止不前的，或许可以说时间是空白的。少年卡夫卡进入这个世界的第二天起床时发现自己的手表已经停了，而且电子表的显示屏也一片空白，在这个世界生活着永远十五岁的佐伯。因为时间已不称其为"时间"了，所以记忆也无从谈起。当他重返现实世界之时，时间也再次显示在他的手表上。由此可见，如异质空间一般，在虚幻空间中也具有特殊的时间性，通过构筑多个不同质的空间衍生出多个时间类型。空间与时间相互融合，使 话语空间（指叙述本身这一行为发生的场所或环境）与故事空间（指事件发生的场所或地点）❶产生错位，形成立体的叙事结构。这不仅拓展了空间的外延，而且加强了空间中人们的存在感。

通过尝试运用多种时间叙事方式，形成故事时间与叙事时间的错位，实质上就是时间空间化的一种外在的表现方式。莫言与村上春树借此将故事按照时间拆分、重组为若干个发生在不同时间的片段，呈现在读者面前。与此同时，莫言与村上春树又在作品中构筑了多种叙事空间，以多种空间重构整个故事。通过时间与空间对于故事的解构与重组，莫言与村上春树在作品中构筑了一个时空交错的立体叙事方式，不仅增加了作品的艺术特色，也强化了读者对于文本的参与。

---

❶ 申丹，王丽亚. 西方叙事学：经典与后经典 [M]. 北京：北京大学出版社，2010：128-129.

# 结语：莫言与村上春树的创作异同及其原因

通过以上多个视角对于莫言与村上春树创作异同的深层次探讨，我们对两位作家在多个方面的异同进行了细致的梳理和分析。这两位生活在不同国度和拥有不同文化背景的作家在走上写作道路的起点上有惊人的一致：他们在青少年时代都浸染在广泛的阅读之中。他们从小都是文学爱好者，从文学阅读中汲取了丰富的文学养料，为他们以后的文学创作奠定了坚实的基础。虽然两位作家开始文学创作的契机不尽相同，但是他们对于文学的那份深厚感情，使他们笔耕不辍。天才加勤奋这个成功的不二法则让两位作家成为中国和日本当代文坛中的大家。在创作过程中，两位作家在对待外国文学的态度上也保持着惊人的一致——批判地继承。尽管接触外国文学的广度和深度多有不同，但是他们从外国文学中汲取养分的同时，又保留了自己文学的独特性。

莫言与村上春树还在人物形象的塑造上表现出了共性。首先，两位作家作品中的人物多为边缘化的人物。由于作品发生的舞台不同，莫言作品中的"边缘人"多为农民，以及生活在城市与农村夹缝中的知识分子；村上春树则描写了生活在都市边缘的年轻人。尽管"边缘人"形象多有差异，然而这些人物都是被主流文化所排斥的一群人。不同的是，莫言笔下的农民和知识分子对于自己的生存现状持有积极和乐观的态度，并且为了摆脱这种境遇而辛苦努力。莫言对他们投去的是同情的、赞赏的目光。反观村上春树作品中的"边缘人"则是游荡在城市边缘的年轻人。村上塑造了一群孤独的、在都市迷失了自己方向的青年人形象。尽管他们也努力去找寻出口，摆脱身处的困境，然而最后一切还是徒劳无功。村上在作品中并没有对人物发表自己的看法，仅仅是将这些青年人的虚无、孤独的生活展示在世人面前。除了传统意义上的"边缘人"视角，莫言与村上春树都刻画了特殊视角的"边缘人"形象，儿童、女性和身体残缺的女性。他们笔下的儿童有很多共通的地方：孤独、敏感、迷惘，唯其如此，他们才会为获取更多的话语权而抗争。除了对儿童生存状态的关注，尝试通过儿童的眼光来观察成人世界，也是他们选择儿童视角的一个原因，是不断尝试叙事手法的一个表现。其次是对女性的塑造。不论是身体健全还是身体残缺，作品中的女性都表现出了明显的共性：这些女性首先是善良的，其次她们自我意识都开始觉醒并为此付诸努力。她们对待爱情都十分专一，在现实面前能够牺牲自己、成全他人。可以说，莫言与村上春树作品中的女性已不再是传统观念中的女性，而是将女性塑造为自尊、自爱、个性独立的新女性。

在创作主题方面，首先莫言与村上春树都涉及了介入历史社会现实主题和生与死的主题。

莫言与村上春树均在作品中揭露了社会之"恶"与人性之"恶"，积极干预现实，关注现实人生、关怀人性，作品中都有相当浓厚的社会人文关怀意识。但是两位作家的介入思想多有差别，路径也不同。莫言不仅注重文学的社会性和批判性，更加注重介入社会现实与文学性的完美结合，对小说形式与风格进行大胆的试验，并且将自己对于介入现实的深度思考付诸实践。村上也曾一度尝试挑战关注现实和历史的别的作家不敢触及的题材。比如，他关注过日本奥姆真理教，并就此采访了教徒和部分受害者；在《奇鸟行状录》里，他写过诺门坎战役题材，日本侵华战争；数次发表"鸡蛋和高墙"的言论等。但是由于受到西方个人主义思潮的影响，加之村上春树对于介入的最初理解是人与人之间的关联，因此村上介入现实的最初目的都是为了打破人与人之间的交流壁垒。正如村上自己说的，他的小说更具有内向性，更多的是为了"个人灵魂的尊严"，为了个体的疗愈，写出了个体在大都市的精神和生活状态。因此，与莫言的体现文学良知的批判现实相比，村上春树的作品缺少对日本现实的关照，缺乏对日本现实的热情。

在生与死的主题方面，莫言与村上春树作品中都有大量的死亡事件出现，写到了各种死法的死亡，以及不同的死亡具有不同的意义。莫言与村上春树作品中的人物都不惧怕死亡。不同的是，莫言作品中人物的死亡更具有悲壮色彩，而且莫言对于死亡事件的描写也是大肆渲染，并将重点转到导致死亡的始作俑者——当权者或者社会体制上。村上春树作品中的人物多是自杀身亡，无法突破自身所处的困境，主动寻死以获得解脱。因此，莫言作品中的死更具有现实批判的意义。除此之外，两位作家并没有停留在死亡本身，而是深挖死与生的深层关系。两位作家都表达了相同的生死观：死亡并非生命的终结，而是生命的延续。让死去的人死而复生，从已经死去的人的视角观察活着的人可谓独具匠心。死亡成为反观生命的一个独特而又行之有效的叙事手段，表明两位作家在写作方式上的不断探索和思想上的日臻成熟。

在艺术特色方面，本书主要聚焦莫言与村上春树在时间与空间的叙事特色。通过两位作家对于过去、现在与未来的态度和看法可知，与现在相比较，莫言更加重视过去；而村上春树则更为重视现在，淡薄过去。这使两位作家在介入社会现实和历史问题上产生了本质上的区别。莫言通过回望过去而确认现在的存在感。村上春树作品中的历史被现在冲淡，没有达到介入历史的预期效果。

正如绪论所言，莫言与村上春树之所以同时出现在人们视野中，源于诺贝尔文学奖。诺贝尔文学为莫言与村上春树的比较研究提供了一个契机。文学可以说是世界性流通的产物，同一类文学现象有可能出现在多个国家的文学作品中。正如能否获得诺贝尔文学奖这一殊荣并非取决于作品的优劣，比较文学的意义并非是实现两位作家的伯仲之分，更多的是打破了单一的文学语境，从双边的、比较的广阔视野来审视作家与作品之间的关系。笔者以期独辟蹊径，通过比较研究这一研究方法，将中国与日本当代极富艺术个性和风格特色的莫言与村上春树的文学起点、创作主题、人物形象和艺术特色加以比较、分析和研究，为解读两位作家提供新的路径；同时，对于钟情于两位作家的读者解读作品文本提供某种启示性。当然，两位作家之间可比较的内容远远不止上面寥寥几项，在今后的阅读与研究中，在广度和深度上可谋求更大的进展。

# 参考文献

## 一、中文部分

埃德蒙特·胡塞尔. 内在时间意识现象学 [M]. 杨福斌, 译. 北京: 华夏出版社, 2011.

陈惇, 刘象愚. 比较文学概论 [M]. 北京: 北京师范大学出版社, 2010.

陈晓明. 莫言研究 [M]. 北京: 华夏出版社, 2013.

曹文轩. 小说门 [M]. 北京: 作家出版社, 2003.

岑朗天. 村上春树与后虚无年代 [M]. 北京: 北京新星出版社, 2006.

费拉基米尔·纳博科夫. 文学讲稿 [M]. 申慧辉等, 译. 北京: 生活·读书·新知三联书店, 1991.

豪·路·博尔赫斯. 博尔赫斯文集: 文论自述卷时间 [M]. 王永年, 陈众议等, 译. 海口: 海南国际新闻出版中心.

贺立华, 杨守森. 怪才莫言 [M]. 石家庄: 花山文艺出版社, 1992.

贺立华, 杨守森. 莫言研究资料 [M]. 济南: 山东大学出版社, 1992.

黑古一夫. 村上春树——转换中的迷失 [M]. 秦刚, 王海蓝, 译. 北京: 中国广播电视出版社, 2008.

杰·鲁滨逊. 倾听树上春树 [M]. 冯涛, 译. 上海：上海译文出版社, 2006.

乐黛云. 中西比较文学教程 [M]. 北京：高等教育出版社, 1988.

雷世文. 相约挪威的森林——村上春树的世界 [M]. 北京：华夏出版社, 2005.

李建军. 小说修辞研究 [M]. 北京：中国人民大学出版社, 2003.

林崇德, 朱智贤. 儿童心理学史 [M]. 北京：北京师范大学出版社, 1988.

林建法. 说莫言 [M]. 沈阳：辽宁人民出版社, 2013.

林少华. 村上春树与他的作品 [M]. 银川：宁夏人民出版社, 2005.

林少华, 为了灵魂的自由：村上春树的文学世界 [M]. 北京：中国友谊出版公司, 2010.

列夫·托尔斯泰. 安娜·卡列尼娜 [M]. 周扬, 谢素台, 译. 北京：人民文学出版社, 2001.

马大康, 叶世祥, 孙鹏程. 文学时间研究 [M]. 北京：中国社会科学出版社, 2008.

马丁·海德格尔. 存在与时间 [M]. 陈嘉映, 译. 北京：生活·读书·新知三联书店, 2014.

莫言. 小说的气味 [M]. 沈阳：春风文艺出版社, 2003.

内田树. 当心村上春树 [M]. 杨伟, 蒋葳, 译. 重庆：重庆出版社, 2008.

保罗·萨特. 萨特文学论文集：关于喧哗与骚动·福克纳小说中的时间 [M]. 施康强, 译. 合肥：安徽文艺出版社, 1998.

申丹. 叙述学与小说文体学研究 [M]. 北京：北京大学出版社, 2007.

小森阳一. 村上春树论：精读海边的卡夫卡 [M]. 秦刚, 译. 北京：新星出版社, 2007.

杨照. 永远的少年：村上春树与海边的卡夫卡 [M]. 北京：新星出版社, 2013.

杨炳菁. 后现代语境中的村上春树 [M]. 北京：中央编译出版社, 2009.

约瑟夫·弗兰克. 现代小说中的空间形式 [M]. 秦林芳, 译. 北京：北京大学出版社, 1991.

张志忠. 莫言论 [M]. 北京：北京联合出版公司, 2012.

毕兆明, 张嘉玉. 默默地执着于蛹破的辉煌——谈莫言小说《檀香刑》的自我超越 [J]. 内蒙古民族大学学报（社会科学版）, 2003（2）.

薄刚, 王金城. 从崇拜到亵渎：莫言小说的母性言说 [J]. 北方论丛, 2000（3）.

陈春生. 在灼热的高炉里锻造——略论莫言对福克纳和马尔克斯的借鉴吸收 [J]. 外国文学研究, 1988（3）.

曹志明．村上春树与日本"内向代"文学的异同 [J]．解放军外国语学院学报，2006（4）．

陈离．是"民间叙事"，还是精神逃亡——从莫言的长篇小说檀香刑说起 [J]．江西师范大学学报，2003（3）．

季红．真忧郁的土地，不屈的精魂——莫言散论之一 [J]．中国现代、当代文学研究，1988（1）．

解孝娟．中国文坛的"彼得·潘"——莫言创作的"儿童视角"心理剖析 [J]．语文学刊，2004（5）．

李敬泽．莫言与中国精神 [J]．小说评论，2003（1）．

李万钧．试论莫言小说的借鉴特色和独创性 [J]．中国现代、当代文学研究，1988（1）．

林少华．村上文学经典化的可能性——以语言或文体为中心 [J]．外国文学，2008（4）．

林少华．比较中见特色 [J]．外国文学评论，2001（2）．

王德威．千言万语何若莫言——谈莫言的小说 [J]．联合报版，1995（37）．

张清华．叙述的极限——论莫言 [J]．当代作家评论，2003（2）．

李德纯．物欲世界中的异化——日本"都市文学"剖析 [J]．世界博览，1988（4）．

林磊，朱朝晖．试论邱华栋与村上春树作品的艺术特色 [J]．韶关学院学报（社会科学版），2002（8）．

林少华．村上春树在中国——全球化和本土化进程中的村上春树 [J]．外国文学评论，2006（3）．

林少华．村上文学经典化的可能性——以语言或文体为中心 [J]．外国文学，2008（4）．

林少华．比较中见特色 [J]．外国文学评论，2001（2）．

林少华．村上春树作品的艺术魅力 [J]．解放军外国语学院学报，1999（2）．

林少华．莫言与村上：似与不似之间 [J]．中国比较文学，2014（1）：94．

温韧．柏格森的时间概念及其时代意义 [J]．安徽大学学报，2000（3）．

吴雨平．村上春树：文化混杂现象的表现者 [J]．外国文学研究，2003（5）．

王向远．日本后现代主义文学与村上春树 [J]．北京师范大学学报，1994（5）．

王德威．狂言流言，巫言莫言——《生死疲劳》与《巫言》所引起的反思 [J]．江苏大学学报（社会科学版），2009（3）．

肖峰．叙事时间的魅力——解读挪威的森林[J]．西华大学学报（哲学社会科学版），2009（2）．

谢志宇，解读挪威的森林的种种象征意义[J]．外语研究，2004（4）．

徐谷芃．村上春树与菲茨杰拉德——《挪威的森林》与《了不起的盖茨比》的比较[J]．华东师范大学学报（哲学社会科学版），2006（4）．

林少华．作为斗士的村上春树——村上文学中被东亚忽视的东亚视角[J]．外国文学评论，2009（1）．

龙迪勇．空间问题的凸显与空间叙事学的兴起[J]．上海师范大学学报（哲学社会科学版），2008（6）．

龙迪勇．空间叙事学：叙事学研究的新领域[J]．天津师范大学学报（社会科学版），2008（6）．

龙迪勇．论现代小说的空间叙事[J]．江西社会科学，2003（10）．

马大康．反抗时间：文学与怀旧[J]．文学评论，2009（1）．

麦永雄．意识形态与乌托邦：传统及其变异．载乌托邦文学的三个维度：从乌托邦、恶托邦到伊托邦（笔谈）[J]．广西师范大学学报（哲学社会科学版），2005（3）．

尚杰．空间的哲学：福柯的"异托邦"概念[J]．同济大学学报（社会科学版），2005（3）．

尚一鸥．村上春树年谱（1949—2007）[J]．日本学论坛，2008（1）．

尚一鸥．美国情结与村上春树的小说创作[J]．国外社会科学，2008（4）．

尚一鸥．日本的村上春树研究[J]．日本学刊，2008（2）．

张青．村上春树的叙事艺术——试析海边的卡夫卡[J]．外语教学，2006（6）．

张昕宇．岁月的歌谣：且听风吟的时间主题研究[J]．解放军外国语学院学报，2006（2）．

张清华．叙述的极限——论莫言．当代作家评论[J]，2003（2）．

朱颖．试论翻译对村上春树创作的影响[J]．绍兴文理学院学报，2005（1）．

韩芳．"井"中探求世界本质——以奇鸟行状录为中心[D]．国际关系学院，2007．

李步浩．村上春树小说创作的后现代主义倾向[D]．南京：南京师范大学，2005．

尚一鸥．村上春树小说艺术研究[D]．长春：东北师范大学，2009．

熊华．20世纪小说叙事时间与生命体验[D]．重庆：重庆师范大学，2006．

徐彦利. 先锋叙事新探 [D]. 济南：山东大学，2005.

张敏生. 时空匣子——村上春树小说时空艺术研究 [D]. 上海：上海外国语大学，2011.

朱宾忠. 福克纳与莫言比较研究 [D]. 武汉：武汉大学，2005.

## 二、日文部分

遠藤伸治. 村上春樹「世界の終わりとハードボイルド・ワンダーランド」論——「世界」の再編のために [J]. 近代文学試論，1990（12）.

加藤典洋、島森路子. 村上春樹の立っている場所，群像日本の作家26・村上春樹 [M]. 東京：東京小学館，1997.

加藤典洋.「海辺のカフカ」と「換喩的な世界」——テクストから遠く離れて [J]. 群像，2003（2）.

河合隼雄. 境界体験を物語る——村上春樹「海辺のカフカ」を読む [J]. 新潮，2002（12）.

角田光代. 小説の現代2002 アパートのこと、砂嵐のこと、田村カフカくんのこと——村上春樹「海辺のカフカ」を読む [J]. 群像，2002（11）.

佐藤泰正. 村上春樹と漱石〈漱石的主題〉を軸として [J]. 日本文学研究，2001（2）.

三浦雅士. 村上春樹とこの時代の論理，群像日本の作家26・村上春樹 [M]. 東京：東京小学館，1997.

山口寛子. 村上春樹の小説にみる「ホテル」の意味の多義性 [J]. お茶の水地理，2008（3）.

山根由美恵.「蛍」に見る三角関係の構図：村上春樹の対漱石意識 [J]. 国文学，2007（9）.

山根由美恵. 村上春樹「世界の終わりとハードボイルド・ワンダーランド」論——二つの地図の示すもの [J]. 近代文学試論，1999（12）.

山根由美恵. 村上春樹「風の歌を聴け」論——物語の構成と「影」の存在 [J]. 国文学攷，1990（9）.

山根由美恵. 封印されたテクスト——村上春樹「街と、その不確かな壁」にみる物語観 [J]. 近代文学論，2006（12）.

# 参考文献

小森陽一．テクスト論の立場から——村上春樹「風の歌を聴け」[J]．国文学，1989（7）．

小林正明．塔と海の彼方に：村上春樹論 [J]．青山学院女子短期大学紀要，1990（11）．

西川智之．村上春樹の「閉じられた庭」[M]．名古屋：名古屋大学大学院，2005．

川本三郎．二つの青春——村上春樹と立松和平，村上春樹論集成 [M]．東京：若草書房，2006．

黒古一夫．村上春樹と同時代の文学 [M]．東京：河合出版，1990．

今井清人．村上春樹：OFF の感覚 [M]．東京：国研出版，1990．

今井清人．村上春樹スタディーズ 2000—2004[M]．東京：若草書房，2005．

山根由美恵．村上春樹＜物語＞の認識システム [M]．東京：若草書房，2007．

村上春樹．走ることについて語るときに僕の語ること [M]．東京：文藝春秋，2010．

柴田元幸など編．世界は村上春樹をどう読むか [M]．東京：文藝春秋，2006．

酒井英行．村上春樹分身との戯れ [M]．東京：翰林書房，2001．

小森陽一．村上春樹論：「海辺のカフカ」を精読する [M]．東京：平凡社，2006．

小西慶太．村上春樹音楽図鑑 [M]．東京：ジャパン・ミックス，1995．

清水良典．村上春樹はくせになる [M]．東京：朝日新聞社，2006．

石原千秋．謎とき村上春樹 [M]．東京：東京光文社，2007．

川村湊．村上春樹をどう読むか [M]．東京：東京作品社，2006．

川端柳太郎．小説と時間 [M]．東京：朝日新聞社，1978．

川本三郎．都市の感受性 [M]．東京：筑摩書房，1998．

村上春樹．村上春樹全作品 1990—2000（7）約束された場所で・村上春樹，河合隼雄に会いにいく [M]．東京：東京講談社，2003．

大塚英志．村上春樹論：サブカルチャーと倫理 [M]．東京：若草書房，2006．

大塚英志．物語論で読む村上春樹と宮崎駿：構造しかない日本 [M]．東京：角川書店，2009．

渡辺みえこ．語り得ぬもの：村上春樹の女性「レスビアン」表象 [M]．東京：東京御茶の水書房，2009．

藤井省三. 村上春樹のなかの中国 [M]. 東京：朝日新聞社，2007.

鈴村和成. 未だ・既に——村上春樹と「ハードボイルドワンダーランド」[M]. 東京：東京洋泉社，1985.

王海藍. 中国における「村上春樹熱」とは何であったのか——2008年3000の中国人学生への調査から [J]. 図書館情報メディア研究，2009（3）.

井口時男. 伝達という出来事——村上春樹論 [J]. 群像，1983（9）.

前田愛. 僕と鼠の記号論 [J]. 国文学解釈と教材の研究，1985（3）.

村上春樹.「物語」のための冒険 [J]. 文学界，1985（8）.

太田鈴子. 村上春樹「国境の南、太陽の西」の語りの構造 [J]. 学苑，2005（3）.

中村三春.「風の歌を聴け」「1973年のピンボール」「羊をめぐる冒険」「ダンス・ダンス・ダンス」四部作の世界——円環の損傷と回復 [J]. 国文学，1995（3）.

柘植光彦. 作品の構造から——〈実例〉村上春樹 [J]. 国文学，1990（6）.

渡部基彦. 村上春樹の自作小説と翻訳作品の文体に関する統計的研究 [J]. 計量国語学，2003（3）.

藤井省三. 村上春樹と東アジア：都市現代化のメルクマールとしての文学 [M]. 東京：東京大学中国語中国文学研究室紀要，2004（4）.

米谷みゆき. 編年体による1970年の物語——村上春樹「風の歌を聴け」を読む [J]. 名古屋近代文学研究，1993（12）.

鈴木智之. パラレルワールドの変容——村上春樹と社会言語的状況の現在 [3-1] [J]. 社会志林，1999（9）.

鈴木智之. パラレルワールドの変容——村上春樹と社会言語的状況の現在 [3-2] [J]. 社会志林，1999（2）.

鈴木雄一郎など. 村上春樹の作品における建築空間の現代的特質：文学の中の建築その2 学術講演集. F-2 [J]. 建築歴史・意匠，1995（7）.

# 后　记

本书是在我的博士论文的基础上撰写而成的。

无声无息的时间如同潺潺的流水以无可阻挡的趋势奔驰而去。蓦然回首，距离进入上海外国语大学攻读博士学位已是六年的时光了。从刚入学时的欣喜与期盼到毕业前的不舍与感恩，我无比珍惜三年来满满的收获与成长。这篇拙作承载的不仅是三年的学习时光，更是各位老师、师兄师姐、同窗好友的指导、帮助、关怀与奉献。

首先，我要将我最诚挚的谢意献给我的恩师谭晶华教授。在毕业论文的选题、写作、修改和答辩过程中，先生都指明方向、不倦教诲，给予我了大量的支持和帮助。先生治学严谨的作风、精益求精的要求、丰富广博的学识、精辟独到的见解，都让我受益匪浅。跟随先生学到的东西，必将成为我一生的财富！

其次，我要感谢大学时的恩师林少华先生。作为日本作家村上春树作品的主要译者、文学评论家，林先生丝毫没有文人的高冷和孤傲。相反，他说话时，语气平和之中总是带有几分亲切，对文字和学问严谨的态度让后辈肃然起敬。

在论文写作之时，先生给予我了很多无私的帮助。当我鼓起勇气央求先生为本书作序时，先生更是毫不犹豫地就应允了。

能遇此两位恩师，此生足矣。

同时，我要感谢日本经济文化学院高洁、许慈惠、吴大纲、曾俊梅、徐旻和张楠等老师的谆谆教导，是他们一直以来的关心、鼓励和帮助，使我有勇气把博士论文写下去。我要感谢我的同学黄芳、沈雪艳和胡学敏对我论文的无私帮助，还要感谢王志军、孙颖、朴惠英、张晔、刘曼、金京爱、臧昉等语言方向的同学们在语言用词方面对我的帮助，是他（她）们陪伴我度过了论文写作时最艰难的时刻。

感谢我的父母、我的家人、朋友，以及所有在困难时给予我帮助的人！他们的默默牺牲、无私奉献和关爱是我能够在求知的路上坚持前行的动力。

感谢我的博士论文答辩委员会的各位专家！

感谢所有关心、支持和帮助我的师长和朋友。

本书的出版得到了华东政法大学外语学院的专项出版资助，在此表示感谢。